長い夜の国と最後の舞踏会 3
～ひとりぼっちの公爵令嬢と真夜中の精霊～
桜瀬彩香
イラスト 鈴ノ助

ノイン
真夜中の精霊
ディア
元公爵令嬢
リカル
ノインの兄

ディルヴィエ
ノインの従者
リーシェック
剣の魔物

CONTENTS

✦✦✦

A long night country and the last dance.
The lonely duke's daughter
and the midnight spirit.

長い夜の国と最後の舞踏会

〜ひとりぼっちの公爵令嬢と真夜中の精霊〜

3

桜瀬彩香
イラスト 鈴ノ助

A long night country and the last dance.
The lonely duke's daughter and the midnight spirit.

イラスト：**鈴ノ助**

長い夜の国と最後の舞踏会

短編集

A long night country and the last dance.
The lonely duke's daughter and the midnight spirit.

✦✦✦ 秋の狩り場と杏の焼き菓子

ふくよかな紅葉の森を眺め、ディアはずきずきと痛む足首を押さえた。こっそりスカートを持ち上げてみれば、右の足首が見事に腫れ上がっている。

今日はまだまだ部屋に戻れないので、ここから悪化するのだろうなと思うと深い溜《た》め息《いき》を吐《つ》いた。

（……ここまで酷《ひど》いと、誰かに気付かれていないといいのだけれど）

そう思い出来るだけ足を引き摺《ず》らずに歩こうとしているのだが、同行しているのは残念ながら他者の動きに敏感な騎士である。

きっと負傷の程度などはそのままに把握され、狩りが終わった後にでもリカルドに報告されるのだろう。

本日は王家主催の狩りの日で、ディアはリカルドの招待で会場を訪れていた。

本来であれば馬に乗って狩り場の中を適度に移動する予定だったが、この通り落馬により負傷してしまったのでその予定は切り上げざるを得なかった。とは言え、足が痛いからと言って勝手に帰れるような催しではない。渋々、婚約者であるリカルドの天幕に向かっている。

同行してくれた護衛騎士の案内で漸《ようや》く目的地に到着したのは、ディアが、もう森の中を歩くのは充分であると弱音を上げそうになるほんの少し手前の事であった。

今日は狩りの催しに参加する用のドレスではあるものの、女性用の靴は僅かに踵《かかと》が高くなっている。

その僅かな傾斜を憎み、脱いだ靴をどこかに投げ捨てたくなるのも致し方あるまい。

ばさばさと、風を孕《はら》む布が音を立てる。

僅かな風に揺れる天幕の白い布は深い赤色に染まった紅葉の森によく映えていて、第一王子の天幕の入り口には、はっとするような鮮やかな青色の絨毯《じゅうたん》が敷かれていた。

その鮮やかさにふと、目を奪われた。


(……綺麗《きれい》)


白と、赤と青と。

鮮やかな色の対比を美しいと思ったが、それを伝える相手はいない。頬に触れる風はひんやりとしていて、灰色の雲間からは青空が覗《のぞ》いている。

何だか、物語の入り口のような佇《たたず》まいであった。殆《ほとん》どの男達《たち》が狩りに出ているので、こちらに残っている騎士はあまり多くないのだろう。

そんな中に護衛騎士の一人を伴って戻ってきたディアを認め、リカルドの近衛《このえ》騎士達は僅かに困惑したような顔をした。

だが、仮にも第一王子の婚約者であるので、その中の一人がこちらに進み出る。

「どうされましたか?」

そう尋ねたのは、リカルドの天幕を守る近衛騎士の一人で、ディアの伴っている騎士よりも階位が高く、伯爵家の次男だと聞いていた人物だ。

僅かに緊張した様子なのは、こうしてディアと対面する事が滅多にないからだろう。

リカルドは、自分の目がないところでディアが誰かと関わるのを嫌っていたし、近衛騎士であればそのようなことも把握済みに違いない。

(尤《もっと》も、それは私への監視が及ばなくなるからなのだけれど……)

とは言え、そんな背景があるので、ディアも恐縮していた。

後でこの騎士達が責を問われないように、出来るだけ会話を減らしてあげた方がいいだろう。

なのでと、未婚女性としては柔らかさに欠ける事を承知で、必要な情報だけを伝えてしまうことにする。

「カレルド王子が貸して下さった馬から振り落とされてしまいまして、足を痛めたので、天幕で休ませていただくことにしました」

「……ああ」

馬から落ちたと言えば騎士達はさもありなんという顔をしたが、今日ディアが振り落とされたのは穏やかな筈《はず》なのにと言われるいつもの馬ではない。

兄の婚約者を嫌う第三王子が、利口な馬だからきっと上手《うま》く乗せてくれるだろうと連れて来た暴れ馬だ。とても優しい馬だという事であったが、どこからどう見ても最初から相当に気性の荒そうな馬であった。

けれども、近くにいた者達は見て見ぬふりをしていたので、言われるがままに跨《また》がってみるしかなかったのだ。

そして、当然ではあるが、ディアはすぐさま跳ね飛ばされて落馬した。

この季節の森の地面には落ち葉が降り積もっているが、大きな馬の背から投げ落とされて無事で済む程に柔らかくはない。

それが分かっているからこそ、周囲にいた者達はそれぞれに理由をつけてあっという間にその場から立ち去ってしまったのだろう。

（リカルド様が一緒にいれば、上手く嗜《たしな》めて角が立たないように断ってくれたのに……）

結ばれた婚約は素晴らしく打算的なものであったが、それでもリカルドは、表立った場所ではディアを守ってくれている。

結果として、その周囲にいる者達もリカルドがディアを庇護《ひご》している間だけはと手を貸してくれるので、せめてその中の誰かがいれば、このような事にはならなかったに違いない。

けれどもそこには誰もいなくて、だからこそカレルド王子は、ディアにあんな仕打ちをしたのだろう。もしくは、こうなるようにどこかに手を回していたからこそ、あの馬を連れて来ていたのだろうか。

そう思うと惨めさにぐしぐしと心が痛んだが、ディアは痛む足に出来るだけ体重をかけないようにして、それでも真《ま》っ直《す》ぐに背筋を伸ばす。

誰かが親身に案じてくれる事はないので、自分の品位は自分で守らねばならない。

こんな身の上で他者の評判を気にする必要はないと思うのだが、迂闊《うかつ》に軽視され過ぎれば、今後もこのような事が続くだろう。

弱さというものは、得てしてより過分な悪意を招くのだ。

ディアはこれ以上に痛い思いも怖い思いもしたくないので、人目に触れる瑕疵《かし》を作りたくなかった。


「では、こちらでお休み下さい」

天幕を守る騎士達は暫《しば》し話し合っていたが、やがて、その逡巡《しゅんじゅん》などなかったかのように穏やかな微笑《ほほえ》みを浮かべ、ディアを天幕の中に案内してくれた。

幾重にも布を張り巡らせた入り口から中に入ると、さすが第一王子の天幕だけあり、中には立派な火鉢や高価な火の魔術を使ったストーブなども用意されていて、冷たい秋風に冷えた体を温めてくれそうだ。

ファーシタルの秋は早いところでは初雪も観測されるくらい、とにかく底冷えするという季節なのである。

「……むぅ」

けれども、これでやっと人心地かなと思ったものの、天幕の中に入れられると、先程までディアに随従していた護衛騎士も下がってしまう。

この中にいれば迷子になることも逃走することもないので当然と言えば当然のことなのだが、手当てに関する言及の一つもないまま放置された感も否めず、ディアは悲しく眉を下げた。

（でも、やっと座れるわ）

天幕の中を見回して、リカルドの為《ため》だと一目で分かる椅子は避けた。ディアが選んだのは、一脚の簡素な木の椅子だ。

筆頭騎士の控える椅子か、或《ある》いはこの天幕を訪れた者の為に用意されたものかもしれない。

ではそこに向かおうと思ったが、今度は、落ち葉を掃き出した森の野営地に絨毯を敷いて設営した天幕であるのでお世辞にも歩きやすいとは言えず、人目を気にしなくなったところなのでがくんと体が揺れた。

第一王子の休憩所に相応《ふさわ》しい設営ではあるものの、少なくとも足首を痛めていなければ普通に歩ける程度の地面でしかない。ディアは、靴を脱ぐのは椅子に座ってからだと自分に言い聞かせ、苦心しながらゆっくりと進み、念の為にもう一度ドレスの汚れを払ってからよろよろと椅子に座った。

「……っ、…………う!!」

足を庇《かば》いながら歩くことに疲労困憊《ひろうこんぱい》していたせいか、椅子にはどさりと腰を下ろしてしまう。

その結果、残念ながら落馬の際にはお尻や背中も痛めていたようで、硬い座面にぶつかって今度はそちらが悲鳴を上げた。

あまりの痛さに声も出せずに悶絶《もんぜつ》し、体を屈《かが》めていると、ばさりと天幕の入り口の布を持ち上げる音がする。

「……ったく、また馬から落ちたのか」

「ヨエル………」

はっとしてそちらを見ると、入ってきたのは、リカルドの筆頭騎士の一人であるヨエルだ。表立って近衛騎士として同行する者ではないが、この騎士が第一王子の片腕なのは皆の知るところである。

とは言え、先日の冬至以降は中身が夜の国の王様になってしまっているので、ディアばかりは、ノインと呼んでもいいのかもしれない。

表でどんなやり取りがあり、こうも無遠慮に主人の天幕の中に入ってきたのかは分からないが、やや我が物顔で中に入ってくるなり、体を縮こまらせて痛みに耐えていたディアを一瞥《いちべつ》したノインは、露骨に呆《あき》れたような目をした後に顔を顰《しか》めた。

「また落馬したのか」

「今回は、少し特別な事情があるのです。カレルド王子に貸していただいた馬が、……明らかに性格が破綻していました」

「……馬だぞ」

「見た瞬間から暴れるぞという雰囲気を出しつつも、私が背中に乗る迄《まで》の間は、じっと冷ややかな目でこちらを窺《うかが》っていて、騎乗に手を貸してくれた騎士達が離れた途端に、力いっぱい私を振り落としたのですよ。あの馬は性格が悪いと言わざるを得ません」

「いつもの馬ですら満足に乗れないのに、初めて扱うような馬に乗るからだろう」

「……カレルド様からの、こちらにした方がいいだろうというご厚意でしたので。穏やかで利口な馬だという事でしたが、殿下の護衛騎士の方々から漏れ聞こえてきた評価によれば、騎士にすら怪《け》我《が》をさせるたいそうな暴れ馬のようです」

「……ほお。成る程な」

ディアは痛みを堪《こら》えて小さく体を丸めて座っていたが、ノインは、そんな人間の様子を何をするでもなく近くに立って見ているばかりだ。

予定通りの行動をしなかったことを訝《いぶか》しみ、その確認に来ただけなのだろう。

そんな無関心さに腹を立てても良かったが、ここにいるノインとてディアの味方ではないのだ。ただの観客に文句を言っても煩わしく思うだけだろうし、そんな事よりもディアは、ノインにもう少しこの場にいて欲しかった。

皆が楽しそうに過ごしている日に、誰にも弱音を吐けずに一人でこの天幕まで歩いてきて、悲しくて堪《たま》らなかったから。

「たまたま、こちらにいたのですか？」

「……そうだな」

どこからこの騒ぎを聞きつけたのだろうと不思議に思って尋ねてみたが、偶然近くにいたようだ。勝手に契約を歪《ゆが》められても気になると、何が起きているのかを確かめに来たのだろう。

ここで会話が途切れたので、ディアは、もう一度ちゃんと椅子に座ってみようと考えた。

お尻の片側があまりにも痛かったので、思わず体の片側を浮かせたままであったが、このままでは痛めていない方の足にも負担がかかるし、何しろ全体的に痛めたらしい背中がそろそろ限界だ。

しかし、そんなディアの作戦はあえなく失敗した。

「……っぴ」

ただ木の椅子に座るだけだったのに、痛さのあまりに、足を踏まれたムクモゴリスのような声を上げてしまう。

「……明日以降、十日程の間に公式行事への参加予定はあるか？」

「……ふぁ、……い、いいえ。なぜそんな事を訊《き》くのですか？」

「魔術酔いを警戒するからだろうな。……ったく。受け身も取らずに落ちたのか」

不愉快そうに溜め息を吐くと、ヨエル姿のノインがひらりと片手を振った。

その途端、ディアには上手く表現出来ないが、透明な硝子《ガラス》で囲まれたように周囲の色の見え方が変わる。

そして、ざあっと音を立ててヨエル姿を解くと、ノインが本来の姿に戻った。

「この中からでは外の様子が見えませんし、リカルド様が戻られたら危ういのでは？」

「遮蔽の魔術をかけてある。俺が用事を終えるまで、この中に入れる者はいないし、それに気付く者もいない」

「……まぁ。そんな事も出来てしまうのですね」

であればとディアが靴を脱ごうとすると、なぜか低い声で、おいっと警告されるではないか。後で靴を履けなくなると問題なのかなとノインの方を見れば、いつの間にか近くに立っていたノインに、ひょいと持ち上げられた。

「ノイン!?」

「この様子だと腰から上も痛めているな。大人しくしていろ。……骨と肉か。寧《むし》ろ、よくここまで歩いてきたという状態だな。脆《もろ》過ぎるだろう」

「も、もしかして、骨折していたのですか……？」

「今回だけは、後の目的に支障が出るので調整しておいてやる。後で対価を取るぞ」

「……はい」

ディアは、思いがけず骨までどうにかしていたのだと聞かされ、肩を落とした。そんなディアを持ち上げていたノインは、そのままディアをもう一度椅子の上に下ろす。

持ち上げられるのはなぜか痛くなかったが、流石《さすが》に椅子に戻るとなるとまた痛むのかなと覚悟をしていたが、なぜかふかふかの座面に座っていた。

(少しも、……痛くないわ)

「……先程の木の椅子ではありませんか？」

「今だけだぞ。手間をかけさせやがって」

「それは、……申し訳ありません」

「どうせ、この狩りへの参加で体調を崩したという理由でもつけて、あいつ等《ら》は今夜にも毒を仕込むだろう。数日寝込んでもどうにかなるな」

「……という事は、私はこの後、ノインに数日間寝込むような事をされてしまうのですね」

「妙な言い方をするな。傷の回復にかける魔術がお前には強過ぎるだけだ」

「……む」

それはどういう意味だろうと目を瞬《しばた》いていると、椅子に座らせたディアの前に屈み、ノインが勝手にスカートの裾を持ち上げるではないか。

あんまりなことに目を瞠《みは》ったまま固まっていると、痛めた方の足の靴を脱がされた。

（あれ…………？）

きっとこれだけ痛めていれば靴を脱ぐのも相当痛いだろうと思っていたのだが、幸いにも、そこまでではなかったようだ。

するりと取り上げた靴を横に置き、ノインはぐっと冷ややかな表情になる。

「……その、不愉快であれば、そちらはそのままでもいいのですよ？」

「狩りが終わったら、離宮まで自力で帰らなければいけないんだぞ？」

「ええ。きっととても辛《つら》いでしょうが、王宮までは馬車に乗れますし、死にはしないでしょう」

それは強がりではなく事実であったので、ディアは言葉を選びはしなかった。

いつだって、ディアには殆ど選択肢がないのだ。

（例えば、あの馬に乗らなければいけなかったように……）

こちらを見たノインが僅かに瞳を揺らし、ややあって、盛大に顔を顰める。そしてなぜか、立ち上がりながら、ディアのおでこを指先でばちんと弾《はじ》いた。

「……っ!? な、何をするのですか!!」

「さぁな。お前の返答が不正解だったからだろうよ。……今日は、このまま狩りが終わるまでここにいろ」


（……あ）

立ち上がったノインに、ディアはぎくりとする。

そのまま帰ってしまいそうな気配であったので、慌てて会話を繋《つな》げる言葉を探した。

だが、そもそも社交に長《た》けている訳でもないディアには、もう少しここにいてくれればいいのにという提案ですら、最適なものが選び出せない。これぞという話題もなく、また胸がきりりと痛む。

「……お昼からは、王妃様の天幕で昼食をいただく予定だったのです。そちらには参加しないといけません」

「参加するのは、王妃だけか？」

「……いえ。昼食会ですので、王妃様が親しくされているご婦人方と、その、カレルド王子もいらっしゃいますが……」

「却下だな」

「まぁ。今回ばかりは、そう我《わ》が儘《まま》を言われても……」

行きたくないからといって行かずに済む場ではないのでそう言えば、ノインは呆れたような目をするではないか。

仕方なくディアがこちらの事情を説明しようとしたが、ノインが遮った。

「昼食会については、こちらで調整しておいてやる。行かなくても問題ない。……そもそも、その王子はお前が落馬したことを知っているんだろう。その上で昼食会に出るのなら、面倒な奴《やつ》との面倒な会話を強いられる事になるぞ」

「……行かなくて済むのなら、行きたくありません」

「そうしろ。……このままだと、お前の支払いがとんでもない事になりそうだな。……それを対価の一つにしておいてやる。ここでの用事は昼食会だけだな？」

「……はい」

本当は、もう一つだけ予定があった。

けれどもそれは、王妃との昼食会が流れてしまえばなくなるものなので、ディアは敢《あ》えて言及しなかった。

だが、返事をするまでに少し間が空いてしまったからか、ノインが無言で片眉を持ち上げる。

「もう一つ用事があるようだが？」

「……むぐ。……昼食会の後に、ご婦人方と、鹿取りの遊びをする予定でした」

「なんだそれは……」

とても怪訝《けげん》そうな顔をしたノインに、そうなるから言わなかったのだという目を向けてみたが、無言でこちらを見るばかりなので説明せよという事だろう。

困った人外者であると背もたれにもたれかかり、ディアは、体のどこも痛くない事に気付いた。

はっとしてもう一度椅子に座り直してみたが、お尻も背中もたいへん壮健である。

「……体が痛くなくなりました」

「気付くのが随分と遅かったが、俺の手を煩わせない程度に整えてある。で？」

「……そうだったのですね。有難うございます。……鹿取り遊びは、最近、王都のご婦人方の間で流行《はや》っている、狩りの日に楽しむ盤遊びなのですよ」


ここ一年くらいで流行り始めた鹿取り遊びは、陣取り盤のようなマス目のある板の上で、何種類かの鹿の形をした駒を動かして遊ぶ貴婦人の嗜みだ。

男達が狩りをする間に、女達が時間を潰す為の余興である。

勝敗がつく遊びなので、小物やお菓子などを賭けるようになっており、その仕組みを使って僅かな社交の駆け引きも行われるらしい。

そして、場合によっては面倒な事になり兼ねないその遊びに参加するのを、ディアは密《ひそ》かに楽しみにしていた。

（……鹿取り遊びが流行り始めてから、一度もやった事がなかったから）

ご婦人達が楽しそうに話しているその遊びに、今日こそは参加出来る筈だったのだ。

あなたもやるでしょうと声をかけてくれた王妃に、何を賭ければいいのかは分からないままにとても楽しみにしていて、リカルドに相談して、まっさらなレースのハンカチを用意して貰《もら》っていた。

リカルドの助けを借りねばならなかったのは業腹だが、とは言え、ファーシタルの王宮でのディアの暮らしは、婚約者や後見人の国王夫妻の助けがなければ成り立たないものだ。

ここは素直に甘えてしまうことにしようと考え、来る迄の馬車の中で遊び方のおさらいなどをこっそりやっていたのだが。

（でも、今日は諦めるしかなさそうだわ……）

ノインが何かを調整するのなら、ディアはきっと王妃との昼食会に招かれていなかった事になるのだろう。

その間のディアがどうしていたのかということは、誰も気にしなくなるらしい。

以前にも一度そんな事があったので、そのあたりはディアも承知している。

その場合、ディアの昼食もどこかへなくなってしまうが、諦めるしかないだろう。

みんなが知っていて、ディアだけが知らない楽しい遊びに加えて貰うことも。

「……人間用の娯楽か。……誰か、その盤と駒の用意はあるか？」

「盤……？」

不意に、ノインがそんなことを言った。

目を瞬きディアが問い返せば、こちらを見たノインはなぜか、お前ではないと言うように首を横に振る。

ノインが不自然に持ち上げていた片手に、誰かが渡したかのように見た事のある鹿取り盤が現れたのは、その直後の事だった。

「……駒はこれだな。……稚拙な細工だな」

「な、何もないところから、鹿取り遊びの道具が現れました……！」

「この国の文化の確認の一環としてなら、少しだけ付き合ってやる」

「ノインが、……一緒に鹿取り遊びをしてくれるのですか？」

「言っておくが、賭けるものが必要になるぞ？」

「は、はい！　賭けるものは持ってきています！」

ふっと意地悪な微笑みを浮かべて、これもまたどこからか取り出した小さな机の上に、鹿取り盤を置いているノインに、ディアは狩りの日用のポケットのある上着から、慌てて用意しておいたレースのハンカチを取り出した。

しかし、自慢げにそれを見せたディアに、ノインは顔を顰めて首を横に振るではないか。

「女物だろうが。別のものを賭けろ」

「そうなると、ちょっと手持ちがないので……」

「ほお？　俺は、昼食を賭けてやるつもりだったが、いいのか？」

「仕方がありません。ノインにも確認作業が必要な筈ですので、お付き合いしますね」


それは、不思議な時間であった。


ディア達がいるのはリカルドの狩り用の天幕の筈なのだが、聞いた通り誰も入ってこなかった。

それどころか、まるでここだけどこかに隔離されているかのように、天幕の外の会話や人々の気配なども伝わってこない。

天幕の中はほこほこと暖かく、靴を脱いで座り心地のいい椅子に腰かけたディアは、頑張って覚えてきた鹿取り遊びのやり方をノインに説明し、今回ばかりは自分が有利に違いないと唇の端を持ち上げる。

何しろディアは、王妃から昼食会に誘われた日から、王妃や他のご婦人達のお菓子を巻き上げるべく、寝る間も惜しんで鹿取り遊びの勉強をしてきたのだ。

ちょっぴりやり方を聞き齧《かじ》っただけのノインになど、負ける筈がないではないか。

しかしそう思っていたディアは、すぐに呆然《ぼうぜん》とすることになる。

「ぎゃ！　ま、負けています……!!」

「残念だったな。三手遅い。……二度と、第三王子の勧める馬には乗るなよ」

「……もしかしてそれが、賭けの品物代わりなのですか」

「俺も忙しい。またこの騒ぎを起こされるのは御免だからな。残念ながら、昼食の準備は必要なさそうだな」

「も、もう一度です!!　次は負けません!!」

「ほお？　まさかとは思うが、次ならば勝てると思っているのか？」

「ぐるる!!」

ディアの渾身《こんしん》の威嚇に恐れをなしたのか、ノインはその後、三回も勝負をしてくれた。

残念ながらディアは全ての勝負で完敗し、鹿の形の小さな鉱石の駒を叩《たた》き割りたいくらいの屈辱に甘んじる事になる。

(とは言え、粘った甲斐《かい》はあった……!!)

さすがに三回目で、ノインは察したようだ。

この人間は、昼食を振舞うまでは絶対に再戦を諦めないようだと。

「ったく。今回で終《しま》いだ。その代わり、昼食は作ってやる」

「私の勝ちですね！」

「いや、勝負そのものは、大敗もいいところだぞ」

「これは、出来の悪い規則が多い遊びのようです……」

「やれやれだな……」


（まだ、誰も来ないのだわ）

もう随分と時間が経《た》った筈だが、相変わらず天幕の入り口を開ける者はいない。

ディアが不思議に思ってそちらを見ると、ノインが人ならざる者らしい怜悧《れいり》な微笑みを浮かべる。

はっとする程に美しいがどこか仄暗《ほのぐら》い微笑みに、ディアは、外ではどんなことが起っているのだろうと少しばかり不安になった。

「ノイン、外の様子は……」

「昼食は、鶏肉《とりにく》のクリーム煮込みでも作ってやる。干し葡萄《ぶどう》入りのパンと、……最近出来上がったばかりのチーズもあったな。飲み物はこの天幕にあった紅茶で我慢しろよ。さすがにそれ以上は、お前の体には負担になる」

「と、鶏肉のクリーム煮込みと、ぶど……ぱん」

興奮のあまり復唱もおぼつかなくなったディアを、ノインは呆れたように見ていた。

けれども、そんなに美味《おい》しそうなものを出されて、動揺しない筈もないではないか。

なお、あまりの美味しさに心が弾むような昼食を終えたディアが、ノインが何かの魔術を解くのを見てから天幕を出ると、そこにはもう何もなかった。

ディア達が出た途端に天幕はしゅわんと消えてしまい、その中に入るまでは午前の鈍い陽光が照らしていた秋の森は、既に夕刻の青さに沈んでいる。

当然、森の中に狩りを楽しんでいた人々の姿はなく、ディアが乗ってきた馬車が残っている筈もない。

「……まぁ。私は、森に置いていかれてしまったのですか？」

「そう言えば、帰路は問題ないんだったか」

「先程の会話のことであれば、さすがに馬車には乗って帰る予定だったのですが……」

これはさすがに予想外だ。

まさか、ここから歩いて帰るのだろうかと途方に暮れていると、ノインが小さく笑う気配がした。

むっと眉を寄せて隣にいる夜の国の王様を見上げれば、夜の入りの暗い森の中でも鮮やかに映える紫の瞳がこちらを見て微笑む。

伸びた手が、ふわりと頭の上に載せられた。

「仕方がない。部屋までは送ってやる」

「今回は、ノインのせいで馬車に置いていかれたのですからね？」

「そうだな。……まだその様子なら、もう一品付けても大丈夫だろう。部屋に戻ってからになるが、焼き菓子の一つでも追加してやる」

「やきがし！」

ノインが見えない誰かから何かを受け取るかのように振り返ると、そこにはどこから現れたものか漆黒の馬がいた。

ディアは、またしても馬であると身構えてしまったが、ノインにひょいと持ち上げられて馬の上に設置されると、後から馬に跨ったノインがしっかり背後から体を支えてくれる。

（……温かい）

背中越しに伝わる体温に、少しだけ動揺してしまうのはなぜだろう。

けれども、こんな風に体を寄せたのは初めてで、慣れない距離感には、おろおろするばかり。

だが、ノインの方はまるで気にならないのか、手綱を持って馬を器用に操ると、そのまま帰路につく。

見た事もないような深い森の中を、月明かりだけを頼りに進めば、ディアの知らない抜け道があったようだ。

二人が乗った馬は、どうやって突破するのだろうと思っていた王宮の正門も通らずに夜菫《よるすみれ》の棟の庭まで運んでくれて、なぜか見張りの騎士達の姿のない扉から屋内に入り、そのままディアの部屋まで誰に会う事もなかった。

これも魔術の不思議なのだろうか。

そう思うと驚くばかりだが、ディアにはこのままでは困る事情がある。

部屋まで付いてきたノインを見上げ、そっと訴えてみた。

「……このまま今夜は誰にも会えないとなると、着替えはどうすればいいのでしょう？」

「暫《しばら》くすると、晩餐《ばんさん》の準備をしに誰かが来る筈だ」

「やきがしは……」

「……一度に食うなよ。一日に一つまでだ」

このまま帰られては堪らないと焼き菓子の催促をしたディアは、ノインが取り出したお皿を見て目を丸くすると、手渡されるなり慌てて膝の上に置いて大事に抱え込んだ。

楕円形《だえんけい》の美しい白いお皿には、杏《あんず》を使った焼き菓子が五個も載せられている。

一日に一個までということは、五日間は楽しめるということに他ならない。


「……こんなにくれるのです？」


美味しそうな焼き菓子を見ていたら、ディアは、なぜだか泣きたくなった。

胸の奥がぎゅっと締め付けられるような感じがして、目の前の美しい人に手を伸ばしたくなった。

もし、今ここでノインを抱き締めて、もうどこにも行かないで欲しいと言ったのなら、どうなるのだろう。

呆れてどこかに行ってしまうだろうか。

もう二度と、会えなくなってしまうだろうか。

そんな愚かなことを考え、ディアはその願い事にそっと蓋をする。


「保存用の魔術を使った布をかけておいてやるから、残りのものはそのあたりの机の上にでも置いておけ。俺とお前以外には見えないし、触れられることもない」

「……まぁ」

「とは言え、数日は寝込む事になるだろうから、二個目を食べられるのは少し先だがな。……もう、暴れ馬なんぞに乗るなよ。……面倒だからな」

「……むぐ。………美味しいです」

込み上げてきた涙を隠して焼き立てのいい香りに我慢出来ずに本日分を齧っていると、ノインは再びの呆れ顔になった。

どうやらこの焼き菓子は、二度と暴れ馬から落ちて面倒をかけるなという忠告も兼ねているらしいが、とても素敵な賄賂なので有難く貰っておこう。


ノインは、ディアが焼き菓子を夢中で食べている内に、帰ってしまったようだ。

こつこつとノックの音がして、いつもの晩餐を運んでくる者達が部屋を訪れる。

ディアが姿を消している間の事は何の問題にもなっていないらしく、不審がられない程度に、着替えの手伝いに訪れた侍女に聞いてみれば、ディアは馬から落ちたものの特に問題なく狩りに参加し、王妃の昼食会にも出た事になっているようだ。

鹿取り遊びで全敗したことになっているのは不本意であったが、実際にあった事ではないので気にする必要もないのかもしれない。

いつの間にか上着のポケットからレースのハンカチが消えていて、王妃と仲の良い侯爵夫人がそれを持ち帰った事になっていた。

ノインの見立て通りに雪水仙の甘い香りのする水と一緒に置かれた晩餐には申し訳程度に口を付け、ディアは、その日の夜から二日間熱を出して寝込んだ。

ノインがそんなディアを見舞う事はなかったが、高熱に浮かされながら目を覚まし、焼き菓子を置いておいたテーブルを見れば、確かに誰も気付かず触れられもしていないようである。


（…………早く、二個目が食べたいな）

そう思いながら枕に頭を戻し、ディアはふと、カレルド王子の企《たくら》みで怪我をしたことをすっかり忘れていたことに気付いた。

こうして思い出してしまえば、リカルドの天幕に向かうまでの間に感じた胸の痛みが蘇《よみがえ》るかなと思ったが、テーブルの上に誰にも見付からない杏の焼き菓子を隠し持っていると思うと、それだけで心の中がいっぱいになる。

不規則な呼吸のまま目を閉じれば、帰り道でノインに預けた背中の温かさを思った。

真夜中に誰かが同じ温度の手のひらでおでこに触れたような気がしたが、熱に浮かされて夢を見たに違いない。

なお、カレルド王子は、後日またあの自慢の暴れ馬を連れ出そうとしたところで不手際があり、たまたま近くにいたリカルドを巻き込んでひと騒動あったらしい。

大事には至らなかったものの大好きな長兄に擦り傷を負わせ、たいそう落ち込んでいるそうだ。

✦✦✦ 収穫祭のお化けと小さな葡萄タルト

さあさあと音を立てて、朝から細やかな雨が降っている。

収穫祭の朝は思っていたより暗く、気温差に曇った窓硝子《ガラス》を通して見た灰色の景色はどこかひやりとするような陰鬱さであった。季節本来の気温よりも肌寒いのは、たまたま天候が悪かっただけなのだろう。絶対にそうに違いない。


ふと、霧がかってきた庭園を眺め、その扉にかけられた麦穂のリースに目を留めた。

この祝祭のリースには複雑な飾り編みがあり、実はちょっとだけ手に取ってみたい可愛《かわい》さなのだ。


(とは言え、そんな事は出来ないけれど……)


いつか、可愛い収穫祭のリースを手に入れてみたい。

そんなつまらない願いを密《ひそ》かに隠しているのは、ディアくらいなのだろうか。

麦穂色に紫や赤の差し色をふくよかな花や木の実で添えて、漆黒のリボンをかけるのがファーシタル流の収穫祭飾りで、誰もが見慣れたもの。だが、そんなリースを個人的に手に入れるには、ディアの立場はいささか特殊過ぎた。

（欲しいものは沢山ある）

収穫祭のリースに、リベルフィリアのオーナメント。

色鮮やかな絵付けのお菓子の缶に、綺麗《きれい》な絵本や、貴族の女性には地味だと失笑されてしまった小さな絵柄を一点だけ入れた可愛らしいハンカチ。

きらきら光る結晶石は、宝飾品に加工せずに石ころのようなままのものが綺麗だと思う。

文官の女性が持っていた、上品な紺色のリボン飾りも素敵だった。そんなことを考えかけて欲望でいっぱいになりかけたが、とは言え本日のディアには、暗い部屋の隅を覗《のぞ》いてはぴっと竦《すく》み上がってしまうような悲しい理由があった。

（な、なぜ、祝祭の火で災いを祓《はら》うという収穫祭の日に、首無しお化けの話なんか聞いてしまったのかしら……）

それは、ほんの少しの好奇心から始まった。

朝食の後に出かけた収穫祭のミサで、ご令嬢達《たち》が沈痛な面持ちでひそひそと話し合っていたので、何か良くないことでもあったのだろうかと耳を澄ませてしまったのがいけなかった。

かつてファーシタルで問題になった曰《いわ》く付きの絵本に描かれていた首無しの怪物が、なんと、収穫祭の夕暮れから夜にかけて王宮の中に現れるというではないか。

それは、ディアが、子供の頃から一番苦手な怪物だったのだ。

初恋が夜の国の王様という、人ならざる者耐性はそれなりと自負しているディアだが、唯一苦手なものがその絵本の怪物である。

ディアにだって女性らしく繊細な一面があり、断固お断りしたい怖いものがあるという可憐《かれん》な一面も持っているのだ。

（よりにもよって、あの話の怪物だなんて……！）

ファーシタルの教会では、子供向けの躾《しつ》け絵本を数冊刊行していた。

信仰の学びを絵本の形で簡単に学ばせようと作られた物なのだろう。

貴族は寄付金のお礼に貰《もら》えるもので、市井の子供達は教会でのミサの日に自由に読めるようになっているのだとか。

そしてその中の一冊に、大人の言いつけを破って異形の生き物の現れるような場所に出かけてゆき、それ故に身を滅ぼす子供達のとびきり怖い物語があった。

『探し物のお化け』という題名のその絵本は、人ならざる者達が登場するのなら何でも面白いに違いないと、わくわくしながらページを捲《めく》ってしまった幼いディアの心を容易《たやす》く滅ぼした、恐ろしい作品だった。

絵本を読んでいる途中でぎゃわんと泣き出したディアは、慌てて駆け付けてきた兄に抱き上げられてあやされて何とか泣き止《や》んだが、成長した今もあの日の思い出は色褪《いろあ》せずに記憶に焼き付いている。恐らくは、とんでもない技量の絵本作家が、これでもかと想像力豊かに物語の中に悍《おぞ》ましい怪物を再現してしまったのだろう。

おまけに、子供向けのお話の作り方には長《た》けていなかったと思われる聖職者達は、このくらいならいいだろうという恐怖の線引きを正しく理解していなかった。

かくして、ファーシタルの子供達の心に消えない傷跡を残した問題作は三年ほどで禁書となり、まさかの禁書扱いが却《かえ》って物語への恐怖感を高めるという負の連鎖を生んで今日に至る。

遺憾ながらその絵本が世に出ていた時代に幼い子供だったディアも、遠い日に一度読んだことがあるだけの絵本の呪縛から逃れられない哀れな犠牲者の一人であった。

だからこそ、こんなことを考えてしまうのだろう。

(……まさかとは思うけれど、……本当にファーシタルの王宮に語り継がれた実話だったり……)

ごとん。

「わぎゃ!?」

よりにもよって、そんな時に限って、うっかりテーブルの端に置いていたに違いない読みかけの本が床に落ちたりするのだろう。

誰もいない筈《はず》の部屋で突然響いた物音に、ディアはへなへなと床に座り込んでしまい、そのままぶるぶると震えた。

家族を殺した人達の手で王宮に引き取られ、日々毒殺の危険の中で生きていても、怖いものは怖い。

絵本に登場した首無しの怪物は、うっかり出会ってしまった標的の家を、毎日失《な》くした首を探して訪ねてくるのだが、そんなものは知らないと言って追い返そうとすると、なぜか戸棚や抽斗《ひきだし》の中から怪物が探している首が出てきて、それを知った怪物がお前が犯人かと怒り狂うという、この年齢になってから振り返ってもあまりにも酷《ひど》い話であった。

主人公の子供は、大人達の言いつけを破って森に入り怪物に出会ってしまうので、大人の忠告を軽んじると手に負えないような怖い目に遭うという教訓にしたかったのだろう。

しかし、幼気《いたいけ》な子供達にはあんまりな展開である。抽斗の中からそんなものが出てきたら恐怖のあまり死んでしまうし、出会ったら最後といわんばかりに毎日訪ねてくる怪物の行動力もかなり怖い。

（こ、ここは、王宮の中でも奥の方だし、あまり人も多くないからきっと大丈夫……。……っ⁉だ、大丈夫じゃなかった‼　怪物が現れても、誰も助けに来てくれないのだわ……‼）

夜菫《よるすみれ》の棟を守る騎士達は、怪物が現れたりしたらあっさりディアを見捨てるだろう。

助けに来てくれる人や、守ってくれる家族はもうディアにはいない。

そんな事に重ねて気付いてしまい、ディアはもはや涙目であった。


「……ノイン」


こんな時こそ来て欲しいノインの姿はなく、となると、得体の知れないものに夜の国の王様をぶつけてみよう作戦も決行しようがないではないか。

きっとノインがいれば怪物などは寄ってこない筈なのにと、ディアは口惜《くちお》しさでいっぱいになる。

悲しみのあまりその名前を呼んでしまったが、やはり近くにはいないようだ。

とは言え、いつまでも床に座ってはいられないだろう。よろよろしながら立ち上がると、床に落ちた本を拾い上げてテーブルの上に戻した。

しかし、こんな時は寝室に逃げ込むのが一番だと隣の部屋に移動しようとしたところで、窓硝子に映った自分の影に驚いて息絶えそうになってしまったりと、その後も散々な目に遭ってしまう。

（ど、どうして普段は何とも思わないものまで、こんなに怖くなってしまったのかしら……）

一人で冬至の日の王宮を歩けるくらい、普段のディアは、そちらの分野への恐怖耐性が高い。

日々の暮らしがそれどころではない危険に晒《さら》されているからなのだが、加えて、ノインと出会ってからは更なる謎の安心感に包まれている。ディアに危害を加えるのであればノインであって、通りすがりのちょっとした怖いものなどは忍び寄りようがないと考えていたのだ。

（それなのに……!!）

「なぜ、私にあんな話を聞かせたのだ……」

それなのに今は、テーブルの上から本が落ちただけでこの有様である。

あの躾《しつけ》絵本の記憶を掘り起こしたご令嬢達を呪ったが、それで怖さが緩和される訳でもない。部屋に誰かいてくれればもうリカルドでもいいと思いもしたが、収穫祭の今日だからこそ王族達は忙しい。

収穫祭を祝う舞踏会に向けて、あれこれと面倒な準備や社交があるのだ。昨年とは違い舞踏会には参加しないディアの暮らす夜菫の棟は、いつもよりもひっそりと静まり返っていた。

（誰かが一緒にいてくれれば、怖いものが現れても囮《おとり》にして逃げられるのに……!!）

またしても仲間外れのディアだが、今年はもはや舞踏会どころではない。現れるかもしれない怪物から、身を守る為《ため》の手段が必要なのだ。

そう考えながら、くすんと鼻を鳴らした時の事だった。

「……何だその格好は」

「ぎゃ!!」

突然、背後から声がかけられた。

部屋の中に自分以外の誰かの気配が突然現れたのだ。既に恐怖心でいっぱいだったディアは、息が止まりそうになってしまう。

「また、何か騒ぎを起こしたんじゃないだろうな?」

ノインがとても遠い目をしているのは、ディアが怪物に見付からないように毛布の砦《とりで》の中に隠れていたからだろうか。

だがこれは立派な装備でもあるので、馬鹿にしてはいけないものだ。

「……ノイン」

「……どうした?」

「か、怪物が現れるそうです」

「言えていないからな。……怪物?」

「首がないと言うくせに、自分の首をこちらの家の中に隠してから難癖をつけてくる、恐ろしい怪物なのですよ……」

「……ほお。その手の事をするのは、侵食系の妖精だろうな。黄昏《たそがれ》の系譜か」

「ぎゃ！　実在してる!!」

「……実在していないと思っているのに、怖がっているのか？」

怪訝《けげん》そうに問いかけるノインは、毛布ごとディアを抱き上げてこちらの顔を覗き込んでくる。

美しい紫の瞳を見たら少しだけほっとしてしまったが、少しだけ、決して味方とは言えない相手に弱みを晒してしまっていいのだろうかと考えた。

迷いはしたが、結局ディアは、堪えきれずに全てを打ち明けてしまった。怖いということを、誰かに伝えたくて堪《たま》らなかったのだろう。

そして、言ってしまってからひやりとしたディアを待っていたのは、体を折り曲げて震えるように笑い出したノインであった。


「……笑い事ではないのですからね」

「まさかとは思うが、子供向けの絵本の内容を、……本気で信じたのか。……っ」

「わ、笑い過ぎです!!……むが!?」

こちらは震えるくらいに怖かったのだと抗議しようとしたディアは、愉快そうに笑っていたノインに鼻を摘《つ》まれてむがっとなると、更に怒り狂った。

しかし、ディアが本気で抗議すればする程、ノインは笑ってしまうようだ。

たいへんな悪循環に、ディアは屈辱感で震えるしかない。

「……ったく。名前を呼んだので何かと思えば」

「……まぁ。名前を呼んでしまいました？」

「誤魔化そうとしても、誤魔化せないからな？」

やれやれと肩を竦めたノインが、どこからともなく取り出したのは、宝石のように美しい小さな葡萄《ぶどう》のタルトだ。

二口くらいでいただけそうなタルトが、白いお皿の上に二個載せられている。

「……タルト」

「このタルトに、収穫祭の災い除《よ》けをかけておいてやる。俺が作ったものだからな。黄昏の系譜程度の連中は近付けもしなくなるぞ」

「タルト……」

「……食い気よりも、怪物除けだろうが」

「は！　そ、そうでした……」

「対価だが、……今夜は、収穫祭のリースには絶対に触るなよ」

「……まぁ。リースに触れてはいけないのですね」

今年の舞踏会は欠席だが、舞踏会前の小さな社交の席には招かれていたので、その時にどこかの扉にかけてあるリースにそっと触れてみようと思っていたディアは、それを聞いてとてもがっかりした。案外、ノインはそんなディアの願いを知っていて、対価としたのかもしれない。

だが、これは対価なのでしっかりと頷《うなず》いた。

「……今日は俺も忙しいが、少しだけこちらにいてやる。その間に食べておけよ」

「はい。美味《おい》しくいただきますね」

きっと、ノインも今夜は収穫祭の夜の舞踏会があるのだろう。華やかな大広間や夜の国のお城で、美しい女性と踊ったりもするのだろうか。

そんなことを考えながら、ディアは瑞々《みずみず》しい葡萄を使った美味しいタルトを頬張る。


（……もう一度、去年みたいにノインと踊ってみたかったな）


その時のディアはまだ、知らなかった。

その日の夕方には帰っていったノインが、王宮の庭園にかけられていたリースに巣食っていた悪い妖精をこっそり取り除いてくれていたことを。

あの時のご令嬢達が怪物の話をしていたのは、実際におかしな影を見かけた者がいたからであったらしい。教会の者達に睨《にら》まれてすぐに立ち消えてしまった噂《うわさ》だったが、けれどもあの収穫祭の日には、確かに良くないものがすぐ近くにいたのだ。

「俺が捕まえた時には、まだ首はあったけれどな。ファーシタルの人間は無防備だから、どれかを選んで食おうとしていたんだろう」

「い、言わないで下さい!!　知りたくありません！」

ファーシタルでの最後の舞踏会を控えたとある日、気紛《きまぐ》れなノインに突然そんな事を教えられ、ディアは震え上がった。人間は繊細な生き物なので、またあの絵本の事を思い出させられては困るのだ。おまけに、該当する生き物がいると知ってしまった後ではないか。

（………それに）

そして、とてもとても葡萄タルトが食べたくなってしまい、ディアはひっそりと打ち拉《ひし》がれる。

それに気付いたのか、呆《あき》れたように眉を持ち上げたノインがどこからともなく取り出したのは、あの日と同じ葡萄のタルトだった。

「一個だけだぞ」

「タルト……！」

「相変わらず食い気しかないのは、どういうことなんだろうな……」

美味しいタルトを口に押し込まれ、幸せな思いでもぐもぐする。

ただし、首なしの怪物が現れたらいけないので、ノインには眠るまで側《そば》にいて貰おう。

✦✦✦ 絵の中の薔薇

「まぁ。一時避難のお屋敷に移動するのですか？」
ディアがその話を聞いたのは、ファーシタルでの最後の舞踏会を終え、幼い頃から住んでいた夜《よる》
菫《すみれ》の棟を後にする、まさにその準備の中のことだった。真夜中はとうに過ぎ夜明けに近い時間で
あったが、移動後にたっぷりと寝て構わないと言って貰《もら》って一安心したばかりのところだ。

「先程も話したが、魔術の所有値的にまだ俺の城に連れて行くのは難しい。体質を変えるまでの間
の仮住まいの屋敷についても、お前の受け入れに適した状態に整えるのはこれからだ。今夜の舞踏
会を終えてからでなければ、どの程度の調整が必要か分からなかったからな」
「国内に留《とど》まるのはご不快でしょうが、我々の土地ですので過ごしやすい屋敷かと思いますよ。私
とノイン様もご一緒させていただきます」
「はい。であれば、安心してお任せします。ただ、国内にそのようなお屋敷があったのは意外でし
た」
「系譜の者達《たち》が、この国に滞在する際に使っていた屋敷だ。人間の目には触れないように管理して
きたが、今はもう見えるようになっているだろう」

「そうなると、見知らぬお屋敷があるぞと、近くに住んでおられる方々が訪ねてきてしまいそうですね」

「見えたとしても、屋敷の周囲には迷いの道を敷いてある。敷地内に入るのは不可能だ。……加えて、明日からはこの国の人間もそれどころではないだろう。ある筈《はず》のない屋敷や施設などの出現は、俺の領域に限っての事ではないだろうしな。既に何か所かの土地が売買済みになっている」

そう告げたノインに、ディアは思わず目を丸くしてしまった。

この国の今後には関わらずにいるつもりだだが、だからこそ初耳の事も多い。約束を違《たが》えたファーシタルが夜の国の王様のものになった今、いよいよ人ならざる者達が参入してくるのだという。

「……そんな方々が来たら、ご近所の方が砂になってしまうのではありませんか？」

「知った事かと言いたいが、産業を残す以上はその辺りは手を打つ。他の連中も、息のかかった人間達を送り込むか、この土地の人間に影響を与えない姿で訪れるかのどちらかだろう」

そこまでは説明してくれたが、ノインが少し煩わしそうだったので、ディアは大人しく引っ越し準備に戻ることにした。そろりと荷物の整理に戻ろうとすると、作業を手伝ってくれていたディルヴィエが小さく微笑《ほほえ》む。

「ノイン様、漸《ようや》くディア様を手に入れたとはいえ、国の外に連れ出すまでは心が休まらないのでしょうが、説明もなく不愉快そうにされるのは、あまり褒められた事ではありませんよ」

「ディルヴィエ……」

「さて。そろそろここを出ましょう。ディア様、何か持って出たい品物はありますか？」

そう尋ねられ、ディアは目を瞬《しばた》いた。

（ここから、持って行きたいもの……）

夜明け前の夜菫の棟の自室は、青を煮詰めたような闇の中にシャンデリアの光が落ちる。きっと、王宮内のこの棟以外の場所では、とんでもない騒ぎが続いているのだろう。それなのに、ここはなんて静かなのだろうと思いながら、ディアは部屋の中を見回した。

（衣類を持っていく必要はないそうだから、そうなると、必要な荷物なんて何もないのね……）

鏡台の上の化粧品やブラシなどはさすがに必要かと思えば、そのような物も全て新しい物を準備してあるという。何から何まで揃《そろ》えて貰うのは申し訳ない気もしたが、必要な品物の選別や購入は今のディアには難しい。おまけにノインは、大きな国でも買わない限りは問題のない財政状況のようだ。

部屋の中を歩いて回り、窓の向こうの雪の中で咲く白薔薇《しろばら》を見る。

（あの薔薇を持って行きたいけれど、移動を想定していない大きな鉢を持ち出すのは難しいだろうから……）

だからディアは、その望みは口に出さなかった。

何から何までお世話になっているのに、しょうもない我儘《わがまま》でノイン達を困らせてはいけないと思ったから。

「……となるとやはり、昨晩買って貰ったもの以外に持って行きたいものはありません」

「ふむ。ではすぐに移動しても良さそうですね」

「ディア。……あるんじゃないのか？」

ここで、ディルヴィエの言葉を遮り、ノインがそう尋ねた。紫色の瞳でじっと見つめられ、ぎくりとしたディアは、困り果てて窓の外に視線を向けてしまう。

「あるなら言え。遠慮はするな」

「……バルコニーにある大きな薔薇の鉢は、さすがに重くて運べませんよね？　ノインに色を変えて貰った思い出の薔薇なので、難しければ、これから向かうお屋敷に飾れるように花枝を切ってもいいかもしれません」

おずおずと薔薇の話をすれば、呆《あき》れたような目をしたノインにディアは小さく項垂《うなだ》れる。考え込む様子のディルヴィエの表情を見ても、やはりあれだけ大きな物を今すぐに動かすのは難しいのだろう。

「あの程度であれば鉢の運搬自体は簡単でしょうが、ノイン様の手が入っていても、あの薔薇はこの土地に見合った品種ですから、ファーシタルの外での管理は難しいでしょう。……ですが、思い出の品であれば、絵の中に移されては如何《いかが》ですか？」

「……あの薔薇を、絵の中に移せるのですか？」

「ええ。魔術による取り込みですので、画布の中に薔薇に見合った環境を整えることが出来ますし、ディア様の持ち物として、これからもずっとお手元に残せますよ」

慌てて振り返ると、ノインも頷《うなず》いてくれる。

「そうするか？」

「はい！」

そう決まれば早速、バルコニーの薔薇を画布の中に入れる作業が始まった。


（薔薇を、絵の中に入れてしまうなんて……！）

目を輝かせて作業を見守るディアに、ノインが小さく笑う。すぐに画布が用意され、ノインは、ディア達を連れてバルコニーの扉を開けた。

雪混じりの風が吹き込む中で画布を広げ、ノインは、咲いている薔薇の花びらに指先でそっと触れる。その途端、薔薇の花がぼうっと光った。

「………薔薇が！」

ディアが声を上げてしまったのも、無理はない。

はらりと落ちた花びらが画布に触れると、絵の中に薔薇が芽吹いたのだ。そして、絵の中の薔薇がどんどん育っていく一方で、バルコニーの大きな鉢に育っていた薔薇は、小さく小さくなってゆく。そして最後は、土の中に吸い込まれるようにして消えてしまった。

「背景は、後でどこかから持ってこさせる」

「は、背景を……」

またとんでもない話が出てきて目を丸くしていると、こちらを見て微笑んだノインが、見事な薔薇の絵を手渡してくれる。ディアが両手で持てるくらいの画布には、息を呑《の》む程に美しい薔薇の絵が現れていた。

「……綺麗《きれい》ですね。これで、あの夜の思い出も持って行けます」

堪《たま》らずに笑顔になったディアがそう言えば、こちらを見たノインも優しく微笑んでくれる。では、もう忘れ物はありませんねとディルヴィエに言われ、ディアは、今度は何の心残りもなく頷いた。

(……ああ。もう、ここに戻る事はないのだわ)

ほんの少しだけ感傷めいた思いも過《よ》ぎったが、新しい宝物となった薔薇の絵が腕の中にある。

そうなるともう、ファーシタルの王宮には惜しむようなものは残っていなかった。

どこからともなく現れた不思議な扉が開き、ノインが背中に手を添えてくれる。

ディアは微笑んでノインを見上げ、一緒にその扉の向こうに向かった。

✦✦✦ その後のお話：夜の果樹園と季節の味覚

はらはらと雪が降る。

夜の系譜の領域で見上げる空は、うっとりとするような青みがかった灰色で、ディアは、舞い落ちる雪が淡く祝福の煌《きら》めきを帯びている美しさにほうっと感嘆の息を吐いた。

（こんな美しい日なのに……）

それなのに、どうして自分は小さな秘密を押し隠し、胸をちくちくと痛めているのだろう。

そう考えて少しだけむしゃくしゃすると、ディアは、心の中に凝っていた不安をふるふると首を振って払い落とした。

ここはもう、ディアの新しい家なのだ。

おまけにそもそもの種族が違うのだから、喜びがあるのと同じように、不安や不満があるのは当然の事ではないか。いつかどこかで、噛《か》み合わずに剝がれ落ちる橋があるかもしれないと、それくらいの事は覚悟してきた筈《はず》だったのに。

くすんと鼻を鳴らし、ディアは空っぽの長椅子を見つめる。

二人の部屋で過ごしている時の婚約者は、このふくよかな葡萄酒《ぶどうしゅ》色の天鵞絨《ビロード》を張った美しい長椅子に座っている事が多かった。

書類を持ち込んで執務をしたり、お菓子を載せたお皿をふわりと取り出すと、美味《おい》しい紅茶を淹《い》れて二人でお喋《しゃべ》りをしたり。

とは言え、そんな優しい時間が続いたのは、ノインが忙しくなる迄《まで》の事だった。

この城の主であるノインは、昨晩から留守にしている。幾夜にも渡って開催される人ならざる者達《たち》の新年の夜会があり、そこに出席しているのだ。

もう少し色々な祝福が定着すればディアも連れて行ってくれるそうなのだが、今はまだ、体に不調をきたす可能性が高いということでお留守番をしている。


（そこでノインは、どのような人達と出会い、どんな人と踊るのだろう……）

そう考えると、架け損ねた橋の無惨さが際立つようで、ディアは鋭く重たい息を吸い込む。

すれ違うのが心であれば、どれだけ良かっただろう。

心のすれ違いなら、丁寧に手をかければ幾らだって修復出来る。

けれども、ディアをこうして不安にしている二人の不調和は、精霊と人間という種族の違いこそが齎《もたら》したもので、そうなると、やはり同族と過ごした方が良いのだと思われてしまう可能性だってあるではないか。

（……もし、ノインに愛想を尽かされてしまったなら、私はそれでもこのお城に住めるのかしら。ディルヴィエさんは、それでも私の後見人でいてくれるだろうか……？）


一人で目を覚まし、一人で美しい雪空を見上げる。

ノインの城の周りには豊かな森があり、窓から一望出来る白緑色の葉を持つ美しい木々の森は、雪に覆われてもその葉先が淡い祝福の光を宿す。

雪の中でも咲き乱れる花々に、祝福や魔術が凝って育つ森の魔術結晶。花蜜は夜になると青白い炎になり、ダイヤモンドダストの煌めく下では妖精達が大はしゃぎで踊っていた。

ここは、なんて美しい世界なのだろう。

ディアが暮らしていた国があまりにも閉鎖的だっただけなのだが、こうして新しい世界を覗《のぞ》き見れば、その驚きと喜びに胸の中が熱くなる。

こんなに美しいものを沢山見た後に、そこに繋《つな》がる扉をぱたんと閉ざされてしまったら、ディアは挫《くじ》けずに生きてゆけるのだろうか。

（普通のものを手に入れるどころか、私はこんなにも特別なものを沢山手に入れてしまった……）

専属の侍女になってくれた木香薔薇《もっこうばら》の妖精達が言うように、外の世界の人間達の目で見ても稀有《けう》な恩寵《おんちょう》に身を浸している自覚は、ディアにだって過分にあった。

だからこそ、最高級のご馳走《ちそう》を沢山食べさせて貰《もら》えた後、食べるものもないような荒野にぽいと捨てられてしまったなら、ディアの胸は悲しみと落胆に張り裂けてしまうだろう。

「まぁ、あなたがノイン様の愛《いと》し子《ご》？……毛皮もないのに？」

だからその日、夜の食楽の王城の回廊ですれ違ったご婦人にそう問いかけられ、思わず目を丸くしてしまったのは、まさか、毛皮も基準になるのだとは思わなかったからだ。

こうしてノインの城に移り住んでから、いつかどこかでこのような場面はあると思っていたし、現実にこれ迄にも何回かこのような事はあった。

ディアは何の取柄もないというだけでなく、咎人《とがびと》を集めたファーシタルの人間である。

そのような事が知られれば、きっと反発もあるだろう。知らされていないだけで秘密裏に処理された苦言や忠告がどれだけあったのかは、王宮で暮らしてきたディアには想像に難くない。

（……でも、毛皮……も、なのだわ）

途方に暮れてしまったディアはまず、正しく毛皮感を把握するべくまじまじと正面に立ったご婦人を見つめた。

そこに立っているのは、美しい灰色の毛皮を持つ二足歩行で狼《おおかみ》姿の黄色いドレスのご婦人で、青い瞳は宝石のような輝きだ。あまりのふわふわふかふかに撫《な》でまわしたくなるし、これが正解なら、確かにディアはつるんとし過ぎている。

確かにこのもふもふは備え付けておらぬと、まじまじとその女性を見つめているディアに対し、綺麗《きれい》な柳眉をきゅっと持ち上げ、不躾《ぶしつけ》な呼び止め方をした女性を睨《にら》み付けたのは、木香薔薇の侍女頭であるシャンテだ。

植物の系譜の中でも階位の高い薔薇の妖精であるシャンテは、輝くような美しい女性だ。ディアよりもすらりと背が高く、淡い水色の巻き髪と同色の羽を持つ女性らしい肢体は、絵の中の美女のような完璧さである。

とは言え、ディルヴィエの一族も含め、人型の妖精達の殆《ほとん》どは、困ってしまう程に美しい。ぎゅっと細く括《くび》れた腰と豊かな胸の対比などを見ていると、ディアは、自分が子供用の抱きぬいぐるみにでもなったような気分になる。それはまさに、人間と人間でない者の大きな違いの一つを知る事でもあった。

「ディア様は、王の正式な婚約者様でございます。わたくしはまだ派生したばかりの幼い妖精ですが、ノイン様が、ディア様だからこそと望まれた事は存じ上げております。王の選択を咎《とが》められたいのであれば、それは、謁見の後、夜の食楽の王にこそ問うて下さいまし」

「まぁ、貧弱な人間の侍女は、求められていなくてもよく喋ること。自身でも階位の違いを理解しているのなら、……っ、何ですの⁉」

「ディア様⁉」

「……ご、ごめんなさい。ふかふかの尻尾がゆらゆらしていたので、我慢出来ませんでした。……

この毛皮はどうしてこんなに綺麗なのでしょう！　こんなに綺麗な尻尾は、どうやってお手入れされているのですか？」

「……え、」

目をぎらぎらさせた人間に突然に尻尾を鷲摑《わしづか》みにされ、狼姿のご婦人はじりっと後退《あとずさ》りした。しかし尻尾を摑《つか》まれているので逃げ出せず、助けを求めるように周囲を見回している。

しまったという顔をしたのは、シャンテだ。

この侍女は、やっと愚かなファーシタルの人間達の手から取り返した大事なお嬢様が、どんなものに心を奪われるのかを失念していた。

「ディア様、毛皮が大好きなのは承知しておりますが、そんな意地悪精霊の尻尾なんていけません。その手をお離し下さいませ」

「でもシャンテ、こんなに手触りのいい尻尾は、初めて触れたんです。お義兄様《にいさま》の毛皮よりもとろふわなので、これはもう是非にいただいて帰って枕に……」

「ディア様、この前も夜風の魔物の尻尾を狩ろうとして、ディルヴィエ様に叱られたのをお忘れになられたのですか？　少なくとも、城内の生き物は狩らないで下さいまし」

「枕……」

ディアが尻尾を握り締めてじっと見上げると、灰色の毛皮のご婦人はふるふると首を振った。

すっかり耳がぺたんと寝ているので、邪悪な人間に尻尾を狩られそうになり、怯《おび》えてしまっているのだろう。

だがすっかり尻尾に夢中な人間は、その様子をちっとも考慮しなかった。

暗殺者のように鋭く周囲を見回し、自分達以外の人影がこの回廊にない事を確認すると、シャンテに厳かに頷《うなず》きかける。

「シャンテ、今なら目撃者がいませんよ」

「いけません、お嬢様。目撃者がいなかったとしても、残りの体の部分はどうするんです」

「まぁ、何も命までは取りません。私は自然環境にも配慮出来る人間でありたいので、この素敵な尻尾をさっと奪い、後はもう自由にお帰りいただく所存です」

それを聞いた狼姿の精霊は、王の婚約者の隠された一面を知ってしまい、慌てて尻尾を引き抜こうとしたが、そんな事は予測済みであったディアは、尻尾をがっちり摑んで離さなかった。

「ご指摘の通り、私には毛皮感が足りないようです。これをいただいて帰り、少し増やしてみますね」

「ディア様、そこで、こう言えばいけるという表情をしたら台無しですよ……」

「まぁ……」

「わ、私の尻尾を差し上げる訳がないでしょう!! なんて恐ろしい人間の子なの!」

「人間とは、そうして時には邪悪で強欲なものなのかもしれません。ですが私は、そんな自分とも素直に向き合いたいと常々考えているのです」

「……ちょ、誰か！　だれ……まぁ、……」


助けを求めようとしたご婦人が、ディアの背後を見て目を丸くする。嫋《たお》やかに目を伏せてみせると、艶々とした毛並みが美しい耳をぴるりと震わせる。

残念ながら尻尾は邪悪な人間に鷲摑みにされたままであったが、微《かす》かにお辞儀をしてみせた所作は、ファーシタルの王宮で見たどんな貴婦人よりも優雅で女性らしい。

その視線を辿《たど》りそろりと振り返った先に立っていたのは、夜会帰りの盛装姿のノインであった。


（……わ、）

漆黒の盛装姿のノインは、息を呑《の》むほどに凄艶な美貌を際立たせ、紫色の瞳は内側から光を透かしているように鮮やかに輝いている。

宝石を紡いだような髪は少しだけ結い上げられており、夜の祝福石をふんだんに使った装いは、まさに夜の国の王様という艶《あで》やかさであった。

しかし、冷え冷えとした微笑《ほほえ》みでも浮かべていて欲しい艶姿のこの城の王は、なぜか、渋面でこちらを見ている。今度はその視線を辿ったディアは、慌てて握り締めていた尻尾をぱっと離した。

どんな犯行にも及んでいませんという顔をしてみたが、ノインはどこかじっとりとした目でこちらを見ている。

「……お前は、目を離すとすぐに騒ぎを起こすのか」

「むぅ。このご婦人から、毛皮感が足りないとご指摘を受け、であれば尻尾を頂戴しますねというだけの事ではありませんか。ノインは大袈裟《おおげさ》なのです……」

「……いいか、それは肉体の一部だ。軽々しく狩るな」

「で、でも、高位の方は、どこかをちょん切られてもまた生えてくるのですよね？」

「……そいつの階位では、永劫《えいごう》に生えてこないだろうな。離してやれ」

「まぁ……この方の尻尾は、生えてこないのですね。それは何と言うか、……残念です」

たいそう残虐な人間から、不憫《ふびん》そうに見つめられてしまい、狼姿のご婦人は困惑したようだ。それまで反目していたのを忘れたかのように、シャンテに、この人間は以前に誰かの尻尾を狩ってしまったのかと尋ねている。

「ええ。ディア様は、シロロク伯爵が祟《たた》りものとの交戦で失った尻尾を元通りにされている姿をご覧になり、であれば自分も、こっそり切り落として持ち帰っても問題ないと思われたようでして……」

ちょっぴり意地悪なシャンテがわざと声を潜めてそう言えば、美しい毛皮のご婦人はけばけばになった。目を瞠《みは》って震えながらディアを見ると、素早くノインにお辞儀をしてその場から逃げて行ってしまう。

獲物に逃げられてしまったディアは、すっかり通り魔の扱いだが、まぁいいかなと頷いた。

どちらにせよ、尻尾を狩るのなら、ノイン達のいないところで秘密裏に行わなければなるまい。


「……ったく。何か言われたのか？」

「毛皮感がないと言われたくらいですので、種族性の美感の問題のようです。ノイン、もう舞踏会は終わったのですか？」

「ああ。これで終《しま》いだ。今年は、一口大のパイ包みの人気が高かったようだな。……シャンテ、今の騒ぎは何だ？」

「あのご婦人は、ノイン様のお目に留まりたかったのでしょう。シロロク伯爵と同じご反応でしたので、もうディア様に意地悪を言う事はないかと思われます」

そんなシャンテの報告に、ディアはおやっと目を瞠った。

（確かに、好意的な話しぶりではなかったけれど、……）

だがあれは、意地悪だったのだろうか。好意的ではないと言うことと、悪意は違う。

ファーシタルの王宮での声のない悪意や嘲笑をよく知るディアは、どちらかと言えば真正面から突撃してしまうからりとした潔さを感じたのだが。

「まぁ、……先程の言葉は意地悪だったのですか？　純粋にあちらの種族のお作法として、毛皮を持たない私はノインに相応《ふさわ》しくないと思われていたのかもしれませんよ？」

こてんと首を傾《かし》げたディアがそう言えば、ノインとシャンテは厳しい目をして顔を見合わせている。

ディアは、そもそもが形状も習性も違う生き物なのでこのくらいのことはまるで気にならないのだが、この二人は心配性なのだ。

その時、こつこつと靴音が響き、ノインの後方から黒髪の美しい妖精が姿を現した。

ふわりと光の粒子が凝るように現れたので、あわいの道から出てきたのか、転移でどこからか戻ってきたのだろう。宝石を薄く削ったような羽に回廊のシャンデリアの光が煌めき、ディアは思わずほわりと甘い息を吐いた。

ノインが無言で眉を持ち上げているが、妖精の羽の美しさはやはり格別である。

「と言うより、系譜の王の領域の者に、そのような口をきいてはならないのだという事を理解出来ないのが、最大の問題でしょうね」

「ディルヴィエさん……」

「加えて、ディア様はもう夜明かりの妖精の子供でもありますから、先程の精霊は、我々の子供を脅かしたという事を理解するべきでしょう」

「……やめろ。お前の姉達が騒ぐと、洒落《しゃれ》にならん」

「種族性の差異を理解しないというのは、そのような事でもありますよ。ディア様、欲しいのは尻尾だけで構いませんか？」

「まぁ。狩られてしまいそうで、ぞくりとしました。ですが、尻尾を受け取るのは吝《やぶさ》かではありません」

「おい……」


ノインとシャンテも心配症の傾向があるが、そんな二人とは比べ物にならないくらいに過保護なのが、ディアの後見人になったディルヴィエを筆頭とする妖精達であった。

先月には、ディルヴィエの姉の一人が、ディアを転ばせようとしたテーブルナプキンの妖精を捕まえ、羽を引き抜いて窓から投げ捨ててしまうという事件があったばかりだ。

そのテーブルナプキンの妖精は、毛色の違う人間の娘を虐《いじ》めてやろうとしたのではなく、ただ単純に、新月の夜に一人の人間を食べてしまう習性の生き物だっただけなのだが、羽を毟《むし》られてずたぼろにされてしまった。

絶世の美女というのはこのような人を言うのだろうという美しい女性が、自分と同じくらいの体格の女性を捕まえて羽を毟る姿は、初めて見たディアにはなかなか刺激的なものだった。だが、そんな苛烈な愛情もまた、種族性の違いによるところが大きい。

このノインのお城で暮らしながら、ディアは少しずつ人外者達の作法に慣れるようにしていた。

例えば、勝手に妖精の羽に触れることは、その場で手を切り落とされても仕方ないくらいの蛮行である。妖精の羽に触れても構わないのは、家族などの親しい者達くらいで、求婚や求愛の作法になるその行為は、場合によっては友人同士でも非礼にあたる。

他にも、精霊から手作りの食べ物を与えられるのは求婚であり、人外者達は、余程親しくなければ食べ物を分け合うことはしない。

また、時折廊下に転がっている銀のフォークは、給仕の落とし物ではなく間諜《かんちょう》だった。


「……ノイン、そう言えば今日も間諜めを捕縛しました。現在、シャンテが持って来てくれた炭酸水に浸《つ》け込むという拷問にかけ、お城の騎士さんに預けてあります」

「……またか。いい加減、祝賀用のレシピを盗みに来るのはやめさせないとだな……」

「なぜレシピを盗みに来るのでしょう。フォークの魔物さんは、奥様の誕生日の御馳走《ごちそう》くらい、自分で考えるべきなのでは……」

「俺のところだけじゃないぞ。食通の多い真夜中の精霊の城は勿論《もちろん》のこと、有名料理店にも間諜を放っているらしい」

「それはもう、有名な料理人さんでも雇えばいいだけなのでは……」

どこか遠い目でフォークの魔物の混迷ぶりを教えてくれたノインに、ディアは、人ならざる者達の生活について考えた。

それまで、ファーシタルの人間だったディアにとっての人外者は、その存在を認識しても尚《なお》、大きな力を使って気紛《きまぐ》れに遊ぶ、祝福にもなるが災いにもなる、恐ろしくも残虐な者達という印象が強かった。

ファーシタルの王宮で行われたあの最後の舞踏会の夜の事も考えれば、その認識はきっと間違いではないのだろう。

だが、ディアがノインのお城に移り住んで初めて巻き込まれた陰謀は、普通の銀のフォークにしか見えないフォークの魔物という間諜が、ノインの作るおもてなし料理のレシピを盗みに来るという事件だったのだ。

これはもう、ディアが困惑するのも致し方ない。

そもそもフォーク姿の生き物が手に入れたレシピをどうやって扱うのかも謎だが、ノインの婚約者になったとは言え、まだまだ所有値も低い人間の小娘風情にすらあっさり捕獲されてしまう魔物はそれでいいのだろうか。

なお、フォークの魔物は果物を食べてチュンチュン鳴く生き物で、一匹、二匹と数えるのが正解であるらしい。なぜフォークが果物を食べ小鳥のように鳴くのかという、大いなる謎に包まれている。

「ディルヴィエ、次の執務までまだ時間がある。少し出てくる」
「ええ。夜明け前までは時間がありますので、ディア様とゆっくりなさっては如何《いかが》ですか？」
「ディア、この前話していた、ルキシアの月光の果樹園にでも行くか？」
「い、行きます!!」

突然のお誘いであったが、今日は習い事もないのでお城でごろごろするばかりであったディアは、一度見てみたかった月光の果樹園へのお誘いにぴょんと弾んだ。

すぐさまシャンテと他の木香薔薇の妖精の侍女達が素早く装いを変えてくれ、ディアは、人生で三回目になる砂漠の国へのお出かけ準備を整える。

それまでに着ていた紫がかった水色のドレスもお気に入りであったが、こうして、今迄の暮らしの中では見る事もなかった異国に向かう装い程に、心を弾ませるものはない。

（……月光の果樹園に行けるだなんて！）

うきうきわくわくと弾むディアに綺麗な祝福結晶の腕輪を嵌《は》めつつ、木香薔薇の妖精達はにこにこと微笑んでくれていた。

ご機嫌で四枚の水色の羽を広げたシャンテを含め、この侍女達は、ディアが幸せそうにしているととても喜んでくれる。

その時はまだ派生が叶《かな》わずもの言わぬ薔薇であったが、あの嵐の夜にジラスフィの人々が殺されてゆく様をその場で見ていた者達なのだ。

ディアの知らない父の話や、ディアの姉がこっそり薔薇を摘んで庭師に怒られた話など、昔話をしてくれる大事な家族のような侍女達は、ディアがこの城に来て得られたかけがえのない宝物の一つである。

「王は、ディア様とお出かけされたくて、早く戻られたのかもしれませんね」

「ふふ、ディルヴィエ様のあの様子ですと、きっと無理を仰《おつしや》ったのでしょう」

「仕方ありませんわ。王は、ディア様と過ごす時間が減ると弱ってしまわれるのだもの。この前の、ターナーでの粛清の恐ろしいこと。あの時は、ディア様に十日も会えずに気性が荒くなっておられたのだとか」

「精霊は困った生き物ですわね。ですが、ディア様を大事にして下さるのですから、仕方ありませんねぇ」


年末から年明けのこの時期、夜の食楽の王は忙しい。

真夜中の精霊の中では最高位ではないものの、晩餐《ばんさん》という、生き物達の多くが大事にするものを司《つかさど》るひと柱の王として、ノインは肩書上の階位よりも実際の階位の方が高い稀有な存在だ。

世界のあちこちで催される、舞踏会や夜会の招待状がひっきりなしに舞い込んでいる様子を見ると、ディアは、リベルフィリアの期間中にノインがずっと傍《そば》にいてくれたあの日々が、どれだけの調整と無理の上に成り立っていたのかをあらためて知る事になった。

（……リベルフィリアの時期は、今よりも忙しかったくらいだもの……）

あれから、三年が経《た》った。

最初の一年、ノインは執務の多くを城内で行えるものに限定し、ファーシタルの再生とディアとの生活の基盤を作ることに尽力してくれた。

ディアを、お伽噺《とぎばなし》の中だけにしか存在しないと思っていた様々な場所に連れて行ってくれ、ディアが初めて手にするような不思議で美しい贈り物を沢山くれた婚約者と、どれだけの話をしたことだろう。

（……そんな日々で、私が、何もかもノインと同じ価値観であればどれだけ良かったことか）

刻々と、その日が迫ってきている。

ディアの胸の中にはひたひたと不安が嵩《かさ》を増しつつあり、どこかでこの架け損ねた橋のことを、ノインに告白しなければならない。着替え終わったディアを抱き上げ、ノインが転移を踏む。

薄闇を踏んで訪れた先は、からりとした夜風と砂の匂いのする、ルキシアという異国だ。

以前に砂漠に来た時には、サラムリードというオアシスの町で串焼肉を食べ、竜に似た毛皮の動物に乗って夜の砂漠を歩いた。だが今回は、初めて耳にする国名である。

「月光の果樹園があるのは、ルキシアという国なのですか？」

そう尋ねたディアに、ディアを抱えたまま、ノインが頷く。

さらさらと風に揺れる水色の髪は、大きな満月の下で僅かに銀色がかって見えた。

あの盛装姿は解いてしまい、今はどこか異国風の黒い装束を身に纏《まと》っているが、そんな姿もまた凄艶で美しい。

どこまでも連なる砂丘は夜色に染まり、その砂丘の輪郭だけを月光が銀色に染め上げている。

ひんやりとした空気に、月影の向こうを歩いてゆく商隊が見えた。

「ああ。気性が荒く残忍な人間の国だ。大国だが、俺と一緒でも季節や時期を選ぶくらいに内乱や戦乱の起きる土地だな。いいか、他の誰に誘われても勝手に行かないようにしろよ？」

「はい。そのような怖い場所でもあるのなら、気を付けますね。……もしかして、この前の安息日に、ディルヴィエさんと二人でお買い物に行ったのを、拗《す》ねているのですか？」

「……そんな訳あるか」

「あの時は、私の後見人の家族達に祝祭の贈り物を買いに行ったのです。ノインにも、素敵なカードを買ってきたでしょう？……むぐ!?」

ここでディアは、頰《ほ》っぺたを摘《つ》まんだ邪悪な精霊の仕打ちに怒り狂いじたばたした。

荒れ狂う婚約者にくすりと笑うと、ノインは砂漠の中に佇《たたず》む、不思議な石門をくぐる。

「……わぁ！」


そこには、古い都でもあったのだろうか。

砂の中に崩れかけた石門がある様子はどこか寂寥《せきりょう》を滲《にじ》ませていたが、その門をくぐると現れたのは、素晴らしい果樹園ではないか。

夜は一瞬にして色相を変え、大きな満月の下にはどこまでも続く果樹園が広がっている。下草には小さな水色の花が咲き、緑の葉を広げた立派なオレンジの木のほか、桃や葡萄の木が柔らかな風に揺れていた。ディア達が入って来た場所には、大きな水晶の噴水があり、その周囲には赤い薔薇の茂みがあって、馨《かぐわ》しい芳香を漂わせている。

「さて、何から収穫する？」

「ぶ、葡萄とオレンジです!!　それから林檎《りんご》と、……まぁ、こうして見ると、檸檬《れもん》も何て綺麗なのでしょう。沢山の果物のいい匂いがしますねぇ」

ノインがどこからともなく大きな籠を出し、ディアは大興奮で飛び跳ねた。

「今夜はまだ他の客がいないようだな。幾つかは、この果樹園で食べていけそうだな。噴水は収穫した果実を冷やす為《ため》にあるものなんだ」

「ここで捥《も》ぎたてのものを冷やして食べられるのですね。……じゅるり」

二人は、そこから暫《しばら》くは果物の収穫に精を出した。

ノインは出ていた年明けの舞踏会について教えてくれ、ディアは人ならざる者達の集まるその会場を頭の中に思い描く。

そのような舞踏会ではノインが出している料理なども幾つかあり、ディアが試作の段階から気に入っていた料理は、爵位の高い魔物にも好評だったのだそうだ。


「ディア」

思う存分の収穫を終え、二人が座ったのは噴水の向かいの夜結晶のベンチであった。

ひんやりとしたベンチに、ノインがどこからか出してくれたクッションを敷き、二人で最初に冷やしておいた葡萄を食べる。

そして、ディアが最初のひと房を食べ終えたのを見計らったように、ノインに静かな声で名前を呼ばれた。

「……ノイン？」

「俺に、言わなければいけない事があるんじゃないのか？」

「……っ、」

全くの不意打ちであった。

ディアは小さく息を呑み、こちらを見ている紫の瞳を見返す。

怖さと悲しさに震える心に、胸の中に熱が凝ったような苦しい塊を感じるのはこの人が愛おしいからだ。

失ったらどうしようと、小さな心がもがくからだ。

「……話せる時に話しておけ。今はまだ言葉に出来ないと言うのであれば待つが、俺はそう気の長い方じゃない。それに、今更お前を解放してやる気もない。お前の為にしてやれる事は多いが、出来ない事も多いのは知っているな？」

「……ノイン、私はとても狡《ずる》い人間なので、この事を打ち明ける事で、ノインに見捨てられてしまうのが怖くて、ずっと言い出せませんでした。……それでもあなたは、私が何かを思い悩んでいる事に、気付いてくれていたのですね……」

ディアがそう言えば、小さく息を吐いたノインが、隣に座っていたディアをひょいと持ち上げてしまい、膝の上に乗せた。

その胸に背中を預ければ、じんわりと染み込む大事な人の温度に、胸の中に凝っていた怖さが少しだけ剝がれ落ちる。

「お前はどこにも行かなくていい。言っただろう、対価だと」

「……けれども、あなた方は望むだけの多くを手に入れられますし、私は……、ノインが忙しくお仕事をしている時も食べて寝るばかりの役立たずな人間なのです」

「ったく、そんなことを気にしていたのか？」

「ノインが王様だと知った後も、形ばかりとは言え正妃としての教育を受けていた私です。それなりの事は出来るだろうと甘く考えていましたが、人間の王族のお仕事とは違い、ノインのお仕事は私にお手伝い出来るようなものではありませんでした。……その上で、この思いを伝えたら、ノインは私にうんざりしてしまうかもしれません」

悲しそうな声でそう訴えたディアに、ノインはどこか呆《あき》れたような優しい目をしている。

あまりにも穏やかに微笑むから、ディアは、これからが本番なのにどうしてこの人は満足げなのだろうと目を瞬《しばたた》いた。

「……なぜご機嫌なのですか？」

「俺は、てっきり、人外者との暮らしや、俺の城での生活にうんざりしたのだとばかり考えていたからな。……俺の城は、司る食楽に関わる者達の出入りが多い。その分、お前の姿も人目に触れ、煩《うるさ》く言う連中も少なくはないだろう。……そういう事ではないんだな？」

「まぁ、……ノインは、私がそれで嫌になってしまうと思ったのですか？」

「……少しはな。とは言え、だからと言って解放してやるつもりはないが」

当たり前のようにそう断言したノインに、ディアは自分でも驚くくらいに安堵《あんど》してしまった。

それはもしかしたら、望まない執着であれば恐ろしく残酷なだけなのかもしれない。

けれども、どこにも行きたくないディアにとっては、命綱のような言葉であった。

「……ノイン、覚悟を決めて告白しますね。……その、……実は、私がまだ人間だからなのか、どうしてもノインと共有出来ない感覚があるのです」

「……どんなものだ？」


種族性の違いだ。

これから告げられるのは、聞いたところでどうしようもない事だと分かるだろうに、ノインの声はまだ穏やかなまま。

その優しさに罪悪感を覚え、ディアはくすんと悲しく鼻を鳴らした。

「……この季節に食べる、ノインの大好きなお鍋がありますよね？」

「……ん？」

深呼吸をして硬い声で切り出された言葉の内容が予想外だったのか、ノインは眉を寄せて問い返した。

「……ラダンのお鍋です」

「ああ。それがどうした？」

あまりにも不思議そうに問い返したノインに、ディアは、じわっと涙目になると両手をぎゅっと握った。

「わ、私には無理です!!　あのお鍋は、怖くて食べられません!!」

「……は？」

「ラダンとは何だろうと調べたところ、私の心は粉々になりました。あ、あれだけは、どうしても食べられません!!」

「ラダンがか!?　季節の味覚だぞ？　美味《うま》いだろうが」

「あやつめは、人型ではないですか！　ノインくらいの大きさの毛皮キノコ的な、けれども人型の生き物です!!　町を作って暮らし、町内会や遠足もある生き物なのですよ!?」

その事実を知った時のディアの驚きは、やはり精霊であるノインには分からないのだろう。

ラダンは、人間の子供を番《つがい》にする為に攫《さら》う悪い生き物だが、刺繍《ししゅう》や裁縫を得意とする生き物でもある。

人間を伴侶にしても自身の体を分岐させて個体を増やすので、ディアにとって共食いではないにせよ、裁縫を嗜《たしな》む生き物を食べるのはやはり躊躇《ためら》いがあった。

また、倫理的な観点とはまた別に、人型風毛皮巨大キノコという謎めいたものを、心を許して食せる程にディアは強い心を持っていなかった。

ディアが精いっぱいそう訴えれば、ノインは呆然《ぼうぜん》としていたが、ややあって静かに頷いた。

腑《ふ》に落ちてはいないようだが、精霊の大好物の季節のお鍋を否定したディアに、嫌悪感や怒りを向ける様子はない。

「……それで、悩んでいたのか」

「ノインは、私に沢山ラダン鍋を食べさせようとしてくれます。季節の味覚で、とても美味しいからと。……でももう、今年からは怖くて食べられないでふ……」

「ったく、そんな事なら早く言え。ふた月近くも悩みやがって」

「……ラダン鍋が食べられない婚約者でも、嫌いになったりしません？」

「お前な……」

「でも、ノインは食楽の精霊さんなのでしょう？　あなたにとって、食べ物は大切なものだと思うのです……」

「やれやれだな。そんな事くらいで、俺がお前に失望するとでも思ったのか？　食事は道楽で嗜好《しこう》だ。好きなものを好きなように楽しめばいい。ただし、薬湯などの好き嫌いは聞かんがな」

苦笑したノインにわしわしと頭を撫でられても、ディアは、沢山の勇気が必要だったこの告白を、あっけない程軽く受け止められてしまったことがまだ信じられずにいた。

瞳を揺らしてノインを見上げていると、ディアの大事な婚約者は人外者らしい仄暗《ほのぐら》く艶《あで》やかな微笑みを浮かべる。

ふっと翳《かげ》った視界に、ディアはぎくりと体を揺らした。

「……っ、」

甘やかな温度と吐息を分け合う口付けは、安堵も重なり不思議なくらいに安らかなものだった。

周囲には見事な実をつけた檸檬やオレンジの木が枝葉を茂らせ、けぶるような月光の下で、噴水の水音だけが響いている。

穏やかな夜の美しさが、悲しいものや怖いものの全てを洗い流し、冴《さ》え冴《ざ》えとした夜の美貌だけを鮮やかに残してゆく。

二人は少し体を離し、見つめ合ってくすりと笑うと、もう一度口付けをした。

（もう、怖い事はなくなった……）

そう安堵して、大事な大事な婚約者の腕の中で、ディアは美味しい捥ぎたての果物を沢山食べた。二人は美しい果樹園で夜明けの光を見てからお城に帰り、ノインは、そこから三日間の休暇を取ってずっとディアと過ごしてくれた。

しかし、義兄から沢山のラダンがお城に届けられてしまい、ディアが悲鳴を上げるのはその翌週の事である。

梱包《こんぽう》されたままムグムグと暴れるラダンに怯えるディアを、背中の後ろに隠して守りつつ遠い目をしたディルヴィエから、こんな珍妙なものを食べるのは精霊だけだと教えて貰い、ディアは少しだけほっとしたのであった。

✦✦✦ どこかであったお話：黒衣の騎士と小さなお姫様

「まぁ、あの騎士は黒一色なのね」


小さなベルローザがそう言えば、侍女達《たち》がどこか怯《おび》えたように視線を彷徨《さまよ》わせた。

どうしたのだろうかと思いそちらを見ると、一番年嵩《としかさ》の侍女がおずおずと申し出る。

「公爵閣下の養子ですわ。騎士としても優秀で息を呑《の》むほどに美しい方だと言われておりますが、氷のような方ですよ。戦場ではそれはもう残忍で、笑っている姿など誰も見た事がないそうです」

「でも、優秀な者なのでしょう？　という事は、それだけしっかりとこの国を守ってくださる方なのだから、そのように言ってはいけないわ。それに、あの黒衣の装いがよく似合っておられるのね。確かに美しい方だわ」

「美しいからこそいっそうに恐ろしいのです。ベルマ侯爵令嬢が足を痛めておられた時も、邪魔なので廊下の端に移動するようにと言っただけでした」


その一言で、ベルローザはその騎士に興味を持った。

あの侯爵令嬢が、足を挫《くじ》いたので馬車まで腕を貸して欲しいと言うのは何もその時が初めてではあるまい。

ベルローザは、とても脆弱《ぜいじゃく》な体と引き換えに目がいいのだ。

「まぁ。でも、まさか人ならざる方だとは思いませんでした。高貴なる方、このようにお手を煩わせてしまうことをお許し下さいませ」

興味を引かれた騎士と初めて対面したのは、その年のリベルフィリアの夜のことだった。

王宮で舞踏会が開かれ、体の弱いベルローザも今夜ばかりは美しいドレスを着て参加する事になる。

王宮でも滅多に姿を現さない第六王女に、人々はひそひそと何かを囁《ささや》き合うばかりで近寄ってこなかったが、国王である父がベルローザを必要以上に冷遇することはなかった。

けれども、継承権を争う兄や姉達はそうではなかったようだ。

政治に疎いベルローザにはよく分からなかったが、多分、邪魔な妹を一人殺せば、継承争いに何らかの益があるのだろう。

離宮に閉じ込められるようにして生きてきた、何の価値もない、体も弱く生きてもせいぜいあと十年ほどの王女にかけるには過ぎた憎しみだが、それでもベルローザはよく命を狙われた。

生き残れているのは、ベルローザの目がいいからだ。

（だって、見えるのだもの）

毒の入ったグラスの横でひそひそとお喋《しゃべ》りをしている妖精達や、暗殺者のいる木陰に向かって唸《うな》っている狼《おおかみ》姿の精霊など、小さな頃からそんなものばかりを見てきたから、何となく危険を回避し続けてこられてしまった。

幼い頃に亡くなった母から、そのようなものが見えるということを人ならざる者達に気付かれてはならないと言われてきたので友達にはなれなかったが、不可思議な生き物達はいつだってベルローザを助けてくれた。

それでも、こんな風にお喋りをすることなんてないと思っていたのに。

「……成る程。あれが案じるだけはある。目がいいようだな」

思わず、先の言葉を発してしまったベルローザは、黒衣の騎士が凍えるような水色の瞳でそんなことを呟《つぶや》いた瞬間、しまったと息を詰める。

正体に気付いてしまったことを知られていて、すぐさま不敬を詫《わ》びた方がいいと思ったのだが、そうではなかったらしい。

ここはきっと、気付かないふりをするべきだったのだ。

「私は、殺されてしまうのでしょうか?」

「そう思い至れるのであれば、俺と同じような者達には、その姿を見ているということを気付かれませんように。生誕の守護や祝福を持たず、その上でそれだけの豊かな祝福魔術を身に持つとあれば、……この上ない餌となりますので」

「なぜ、私に臣下の礼をなさるのですか?」

「本日より、あなたの護衛騎士となったからですよ」

「……私の?」

「陛下がそう命じられました。……あれは魔術師ですからね、守り方は上手《うま》いがここまで国が歪《ゆが》むと、その守護にも限界がある」


黒衣の騎士は、淡々とそんなことを告げていく。

ベルローザは、一度も娘の名前を呼ばない父がなぜ自分に国内の筆頭騎士を付けたのか分からなかったが、何か事情があるのだろうか。さすがに、継承争いに加わらないはみだし者を兄や姉達が嬲《なぶ》り殺《ごろ》しにするのは、国王とて体裁が悪いのかもしれない。

最近は身の危険を感じる頻度が上がり、困ったなと思っていたのだ。

それは今夜とて例外ではなく、ベルローザは、兄の手配した騎士に扮《ふん》した誰かに命を狙われバルコニーから引き摺《ず》り落とされるところであった。

悲鳴を上げたのになぜか誰にも気付いて貰《もら》えず、これはいよいよかなと思っていたのだが。

「私を、守って下さるのですか?」

「ええ。そのように約束しましたからね」

「……とても不本意そうですが」

「戦場で敵を殺せと言われるならいざ知らず、このような任務を与えられたのですから、そう見えても致し方ないのかもしれませんね」

「それもそうですね。であれば、適当に放っておいて下さいな。この調子ですと、あなたの手を煩わせる時間はさして長くはないでしょう」

そう言えば、なぜか騎士の姿をした美しい人ならざる者は、僅かに驚いたように水色の瞳を瞠《みは》った。その瞳の揺らぎがあまりにも綺麗《きれい》で、ベルローザは嬉《うれ》しくなってしまう。

特別な事になど何も触れられないままに生きて死ぬのだろうと思っていたが、このどうしようもない人生の最後に、こんな美しい生き物が側《そば》にいてくれるらしい。

(それだけで、何だか素敵だわ)

公爵家の養子だという彼は、先の大戦の英雄的な騎士でありながらも、正当な後継ぎのいる公爵家が持つ幾つかの爵位を贈与されることもなく、一介の騎士であり続けた。

第六王女の護衛役は戦の褒章として与えられたということになっていたが、本人の様子を見ていると押しつけられたのだろう。

だから当然、その護衛騎士は、ベルローザが発作を起こして体を丸めて咳《せ》き込んでいても、何の手助けもしなかった。

任されたのは護衛なので、暗殺者や暴漢は排除するが看護は任務に含まれていないらしい。冷ややかでやや慇懃《いんぎん》無礼《ぶれい》な敬語でそう告げられ、発作が起きている最中だというのに、ベルローザは何だか笑ってしまった。

それでも、余程いい。

いつもはこんな何の役にも立たないベルローザを大事にしてくれている侍女達や、他の護衛騎士達は、こんな夜ばかりは不自然に姿を消してしまう。

彼等《かれら》は、どれだけ誠意を尽くしても、所詮、大人になれずに死ぬと分かっている王女に仕えるのにうんざりしているのだ。皆にも人生や暮らしがあるのだから、そろそろこの主人が死んでもいいのではと思うのも致し方ないことである。

だからベルローザは、そんな侍女達や騎士達の不実さには気付かないふりをしていた。気付かないふりは、とても得意だから。

「でも、……そこにいてくれるのは嬉しいです。死ぬ時に一人なのは、……寂しいですから」

苦しい息の中からそう言ったベルローザに、護衛騎士が何と答えたのかは分からない。

気付けば発作は治まり、朝になっていた。

慌てて部屋の入り口に視線を向けると、ベルローザの黒衣の騎士は、表情ひとつ動かさずに冷ややかな目をしてそこに立っている。

ベルローザが目を覚ましたことに気付きちらりとこちらを見ると、優雅に一礼して部屋を出ていく。

まだ青白い朝の光に包まれ、ベルローザは今更ながらにそこに彼がいる不自然さに気付いた。

どんな扱いを受けていようと、ここは王女の寝室である。本来であれば、一介の護衛騎士がそこにいる筈《はず》はないのだ。けれども黒衣の護衛騎士は、その後もベルローザが発作を起こす度にその場所に立っていた。

優しい言葉をかけるでもなく、苦しむベルローザに手を貸すでもなく、ただ立っているだけだったが、いつからかベルローザは彼がそこに立っているとほっとするようになった。

（もう少し。……もう少しだけ）

あまり長くは生きられないけれど、もう少しだけこんな日々が続けばいいのに。目を覚ます度に、なぜだかそう思う。

その手に触れたこともなければ、微笑《ほほえ》みかけられたこともないのに、散々苦しんだ夜が明けた時に、彼がいつもの場所に立っていてくれるだけで良かった。

それは、真っ当な愛情の形をよく知らないベルローザにとって、初めて触れる歪《いびつ》な恋だった。

あと一年。もう一年だけ。

そして、そんなことを思いながら、六年が経《た》った時、ベルローザは自分が思ったよりも健康になりつつあることを知った。

「リシェド、とても美味《おい》しいのよ？」

「結構です。俺は、食事というものにはあまり興味がありませんので」

「……私があなたの正体を知っているからって、お茶とお茶菓子に付き合ってもくれないなんて」

そして、相変わらず冷え冷えとした目でこちらを見る護衛騎士に、その程度のことなら言えるようになった。

リシェドは、戦闘や戦に属する者らしい。ベルローザの父であるこの国の王が主人で、そんな主人のことをリシェドはそれなりに気に入っているようだ。

だからこそ、何の面白みもない王女の護衛にされたことに苛立《いらだ》っているようだった。

何しろもう、六年なのだ。

その六年でベルローザの母違いの兄や姉の殆《ほとん》どが死んでしまい、王太子に選ばれた三番目の兄だけが生きている。

この兄は、唯一ベルローザを殺そうとしなかった優しくて強い人だ。武勲を立てる王にはなれないだろうが、慈悲と叡智《えいち》を以《も》って国を治める王になるだろう。

「……そろそろ、俺の護衛も必要なさそうですね」

「そうね。お兄様が正式に立太子されたから、もう私が命を狙われることはなさそうだわ。この歳《とし》まで生きたのなら、そろそろどこかに嫁がされるかもしれないし」

「……そうですね」

その時、リシェドが少しだけ困ったように頷《うなず》いたから、ベルローザはきっと儚《はかな》い夢を持ってしまったのだろう。

その年の夏至祭の夜に、王宮での宴《うたげ》を楽しむ人々の間を縫って姿を消したリシェドを追いかけて、長らく一人で足を踏み入れることのなかった夜の庭園に出てしまった。

噎《む》せ返るような薔薇《ばら》と、夏や夜の香り。

そこかしこに陽気に騒ぐ妖精達がいて、王宮の広間にいる人間達には見えないありとあらゆる人ならざる者達が浮かれ騒いでいる。

それもそうだ。

何しろ今夜は、人ならざる者達にとっても恋の成就が訪れる夏至祭の夜なのだから。


（夏至祭の夜に人ならざる者と踊ると、その相手と恋が出来るらしい）


古い伝承などを記した本に書かれていたそんな迷信を信じて、ベルローザは、人ならざる者達の夜会の中に足を踏み入れた。

なぜなら、ベルローザにはリシェドではないとある公爵令息との婚約の話が持ち上がっており、リシェドとダンスを踊れるのだとしたら、この夜が最後だと思ったから。

だから、せめて最後にと追いかけてしまった。

そして、捜していたリシェドを見つけて声をかけた。


リシェドだと、思ったのだ。

まさか、よく似た髪色の高貴な生き物が他にもいるとは思わず、そのような者達が見えているのだと、振り返った良くない生き物に知られてしまうとは思わなかったのだ。

「…………馬鹿ですか、あなたは」


ざあざあと、雨が降っている。

その雨の音を聞きながら、ベルローザは誰かに抱き抱えられていて、地面に座り込んだその人の膝の上に頭を載せていた。

体がとても冷たいので、外回廊の床ではなく寝台に寝かせて欲しい。

(雨音が聞こえるのに体が濡《ぬ》れていないから、屋根の下にはいるみたいだけれど……)

「リシェド?」

「それは、…………俺の本当の名前ではありません」

「ええ、そうでしょうね。……とても暗いけれど、まだ夜なのね。あなたがよく見えないわ」

「もう夜明けですよ。…………ただ、あなたには見えないだけでしょう」

「それは、困ったわ。眼鏡でも作って貰おうかしら」

「………あなたは、俺の主人でもないのに」

「……リシェド？」

「だから、俺を呼ばなかったんですか？」

頭がぼうっとして、考えが上手くまとまらない。

だが、そう問いかけたリシェドの声にどこか切実なものがあったので、きちんと答えなければと思った。

「そうね。私は、あなたの主人じゃないわ。……だから、あまり良くないところだったし怖いものもいたから、そんな場所には呼ばない方がいいと思ったの」

「やっと…………」

「やっと？」

「…………やっと、あの男の願い通りに、あなたを生かせる国になり、あなたの病も落ち着いたところだったのに」

あの男と言うのが誰なのか分からずに困惑していると、何だか眠たくなってきた。

どこかで誰かが泣いているような気がして、その内にばたんと大きな音と、取り乱したようにベルローザの名前を呼ぶ人の声が聞こえた。

それが父の声のような気がしたのは、きっと気のせいだろう。ずっと末の娘を避け続けた父が、ベルローザをそんな風に呼ぶことなどないのだから。そんな人が、リシェドを罵り、ベルローザの名前を呼んで泣き叫ぶ訳がない。


いや、誰もそんな風には呼ばない。

誰かに名前を呼ばれたのは、もうずっと昔のことだから。


「……でも、充分だわ。私が死ぬ時に側にいてくれて有難う。リシェド。……これからも元気でいてね、食事は嫌いだと話していたけれど、時々は美味しいものを食べて、楽しいことを沢山してね」

「…………余計なお世話です」

「ふふ。そうね。…………でも、有難う」

よく見えないくせに開いていたらしい瞳を閉じると、誰かの震える手が、そっと瞼《まぶた》の上に触れた。

そこで今更、一度も触れたことのなかった護衛騎士の手のひらの温度を知ったことに気付いて、ベルローザは小さく微笑む。

（なんだ。ちゃんと、温かいじゃない）

そして、たった一人だけベルローザの離宮に残ってくれた美しい護衛騎士の膝を枕にして、長い長い眠りについた。

最後の最後に酷《ひど》い目に遭ったが、こんな風に幕を引けるのだから上々なのだろう。何も出来ず誰にも愛されなかった役立たずの王女の最後にしては、恵まれ過ぎているくらいだ。

（だって、やっとリシェドに触れられたのだもの）

人生の最後に願いが叶《かな》ったのは、きっとベルローザの日頃の行いが良かったからに違いない。大好きな人とは、とうとう踊れないままだったけれど。

✦✦✦ いつかのお話：黎明の舞踏会と魔物のお客

黎明《れいめい》の系譜の舞踏会に出るのは、久し振りのことだった。

頻繁に誘われはするのだが毎回断る訳にもいかず、今回の参加を決めたのは黎明の精霊王の代替わりという慶事であったからだ。

「代替わりを慶事にしてしまうのは、黎明の精霊達《たち》くらいだけれどねぇ」

「黎明は、若さや新しさを好みますからね」

「ノイン、顔。顔に出ているよ。ここはにっこり微笑《ほほえ》んでおかないと」

「……兄上は寧《むし》ろ、よく笑えますね」

「ああ、先程のことかい？」

そう返すと、弟は僅かに顔を顰《しか》めた。

厳密には人間達のような同腹や血縁の弟ではないのだが、真夜中の精霊は系譜の王以下の王族達を派生順に兄弟として位置付けることが多い。

そしてこの食楽の弟は、真夜中の系譜の中でも老獪《ろうかい》だとされる一人でありながらも、自分の線引きの内側に入れた者に対しては感情が明け透けになる。

そして、真夜中の精霊の中では、特別に情深いひと柱だ。

「擬態していて、美しさしか取り柄のない方の真夜中の精霊だと言われたのは初めてだよ。夜の優雅さを司《つかさど》る王なのだから美しいのは当然なのだけれど、まさか擬態している状態で言われるとはね……」

「不愉快に感じるのはそこですか……」

「便宜上の姿なんだ。不愉快に思うのは当然だろう。本来の僕の方がずっと美しいのだから」

「……そうでしょうとも。見事な毛皮ですからね」

「おや。僕の弟はなぜ目を逸《そ》らしたのかな」

「さて。なぜでしょうね」

今日のリカルは、黎明の精霊達の王宮で悪目立ちしないように人型の擬態を取っている。

夜の優美さこそ賞賛されてしかるべきなので本来の優雅な毛皮姿を見せてやれないのは残念だが、黎明の連中は喧《やかま》しくて粗雑なので、本来の姿で舞踏会に出るのは不都合の方が大きい。

やれやれと肩を竦《すく》めかけ、ふとノインが遠くを見て目を眇《すが》めたことに気付いた。視線を辿《たど》り会場の一画を見れば、背の高い砂色の肌の男が立っている。黎明の精霊達は不穏なお客に気付いていないが、それはその男が高位の魔物だからだろう。

「……妙なものがいるな」

「おや。……あの魔物は随分と殺しているね。足下に怨嗟《えんさ》を引き摺《ず》ってこんなところに来るなんて」

「俺の系譜の呪いを持っているな。……見てきても？」

「うーん。どうだろう。……あの魔物は、この会場に誰かを殺しに来たように見えるけど」

「でしょうね。そうでなければ、あんな目はしない」

「そして、見間違いでなければ標的は真夜中の誰かのようだけれど？」

「俺かもしれませんね」

「……やめておかない？」

「呪いの代価なのか、貪るように食べているが、食べ方がまるでなっていない。よりにもよって、いまいちのものから食べるとはな……」

「あー、そうなると君は放っておかないのか。困ったなぁ」


顔を顰めてきっと面倒を抱えているに違いないお客の方に歩いて行ってしまったノインを見送り、リカルは小さく溜《た》め息《いき》を吐《つ》く。

（魔物としての階位は、伯爵から侯爵かな。おまけに、古い魔術の気配があるからきっと長く生きたものだろう。……とは言え、最高位の界隈《かいわい》の連中のような悍《おぞ》ましさは感じられないから、まぁ、ノインでも手に負えないということはないか）

食楽の王は、真夜中の精霊の中で、最も悍ましく恐ろしいと言われる王ではない。

真夜中の精霊の王族が治める夜の資質の中には静謐《せいひつ》も終焉《しゅうえん》もあり、絶望や犠牲といった資質も広く知られていた。更にはその中に、音楽や優美、享楽に食楽と言った、残忍さや冷酷さとは一見無縁に思える王達もいる。

件《くだん》の魔物に歩み寄り、話しかけているノインの姿を見てくすりと笑うと、この会場にいる他の兄弟達も同じように微笑んだ気配がある。

（幸運な男だ）

様々な資質を持つ夜の王達が集まる中で、ノイン程にあのような状態の者を救うのに向いている者はいない。幸運にも食楽の系譜の呪いを背負っていたお陰で、あの魔物は、真夜中の精霊達に排除されるのではなく恐らく食楽の系譜に迎え入れられるのは間違いなかった。

「僕の弟は、すぐああいうのを懐かせるからなぁ。……ああ、僕に用かな？」

微笑んで振り返ると、きゃあっと嬌声《きようせい》を上げてから歩み寄ってきたのは黎明の系譜の妖精達だった。

見目は美しいけれど少しも優雅ではないなと心の中で溜め息を吐き、リカルは首を傾《かし》げてみる。

「夜の優美の王に、黎明の城でお会い出来るとは思いませんでしたわ。噂《うわさ》に違《たが》わぬ美しさなのですね。一緒に踊りませんか？」

「まぁ。先にダンスに誘おうとしたのは私ですわ。あなたは下がっていらして」

「リカル様。彼女達は礼儀がなっておりませんの。わたくしとあちらに行きませんこと？」

次々に話しかけられ、微笑んだまま無言でいると、困惑したように顔を見合わせた妖精達は、なぜか我先にとリカルの手を取ろうとするではないか。

「お美しいけれど、可愛《かわい》らしいわ。ダンスは私とにしましょう？」

「黎明の城は初めてなのかしら。あちらにケーキもありますわよ」

「もう、あなた達はいい加減にして。リカル様は私に微笑みかけてくださったのよ」

牽制《けんせい》し合う妖精達は、なぜ、つい先程までここにいる真夜中の精霊達が、主催の黎明の精霊達から遠巻きにされていたのかは知らないようだ。

奥にいる黎明の精霊が青ざめた顔で首を横に振っている姿は、残念ながら目に入っていないらしい。

「……さて、そろそろ離れてくれないか。不作法さにも一種の無垢《むく》さがあるものだけれどね、君達の虚栄心や下卑た欲求の気配はとても不愉快だ。僕の名前を呼ぶ許可は出していないし、それ以前に、こちらに近付くことも許していない筈《はず》だが？」

にっこりと微笑んでそう告げると、妖精達は一瞬、唖然《あぜん》としたように動きを止めた。

伝えたことが理解出来なかったのかなともう一度首を傾げると、どこからか駆け付けてきた黎明の系譜の騎士達が三人の妖精達をあっという間に連れて行ってしまう。


「自分では理解しないままだったか。早めに黙らせておけば良かったかな」

「……今度は何をしたんですか」

「やぁ、ノイン。僕はただ、不作法に話しかけてきた妖精達に近付くなと言っただけだよ。……ああ、やっぱり拾ってきたね」

ちょうどそこに戻ってきたノインは、先程の魔物を連れている。

伴っている魔物は酷《ひど》く荒《すさ》んだ目をしているが、同時に困惑もしているようだ。なぜ自分が、食楽の王に拾われたのかよく分かっていないのだろう。

「獣の子のように言うのはやめて下さい。ひとまず、料理の楽しみ方を覚えさせるまでは手元に置こうと思います」

「そういって君は、いつだって手のかかりそうな履歴の従者を増やしていくんだ。一体いつになったら、僕を弟のお嫁さんに会わせてくれるのだろう」

「お前も未婚だろうが」

「嫌だなぁ。敬語が外れているよ。兄には相応《ふさわ》しい敬意を払うようにね。……優雅ではないから」

少しだけ声音を低くしたが、ノインは意に介する様子もなく振り返り、後ろに立つ魔物に話しかけている。

「こういう気質だ。品位を問われるような振る舞いをすると、この顔で微笑んだまま細切れにするから用心しろ。その代わり、子供には甘い」

「僕を何だと思っているんだい。子供には、歳《とし》相応の無垢さがあった方がいい。いくら何でも、小さな子供にまで厳しく作法を問う真似《まね》はしないよ。目に余るような困った子供は、その親に突き返すけれどね」

「その場合、手足を無くすのは親や教育係だな」

「……ノイン。もしかして、その魔物に僕の悪印象を植え付けようとしているのかな?」

「いえまさか。単純な危機管理の伝達ですよ」

ちらりと視線を向けると、ノインの後ろに立っている男がこちらを見た。水色の瞳の刃物のような暗い眼差《まなざ》しは階位のある魔物らしい光を孕《はら》むような鋭さで、これは手がかかりそうだぞと苦笑する。

「それで、君は誰を殺しに来たのかな？　弟の為《ため》にも、ここで聞いておいた方が良さそうだ」

しかし、そう問いかけると、男はにっこりと微笑んだ。

「まさか。ただ、祝いの席のご馳走《ちそう》を食べに来ただけですよ」

「……ノイン。多分かなり面倒な魔物だよ」

「兄上も、そうやって絡まないで下さい。嘘《うそ》はついているでしょうし、言う気もないんでしょうが、俺としても面倒な話を聞いてやる程に暇ではないんですよ」

「それを聞くと、寧ろ一番冷酷なのは君の無関心さかもしれない……」

「料理を取ってくる間、こいつを見ていて下さい。どうせ、標的だったのは夜の享楽あたりでしょう。足下の怨嗟から夏至祭の匂いがする」

「……っ」


ノインの言葉に、魔物は過剰な反応を示した。

鋭く息を呑《の》み顔を向けた魔物に、ノインは呆《あき》れたような顔をしただけだ。

「言っただろうが。俺は食楽だ。夏至祭の連中とも仕事をするから、その気配くらいは判別出来る。直接の個人への恨みじゃないなら、もう享楽にも手を出すなよ。……それと、兄上にはおかしな真似をするな。……この会場の中で一番悪辣な精霊だぞ」

「ノイン？」

「暫《しばら》く、リーシェックを頼みます」

　さすがにあんまりな言いようなので声を低くしたが、ノインは気にも留めずに料理を取りに行ってしまった。仕方なく、残された魔物を見上げる。

「……はぁ。弟もだけれど、君も背が高いな」

「兄君は、随分と低いようで」

「僕の嗜好《しこう》の範疇《はんちゅう》では、性別の特徴が曖昧な少年くらいの姿が一番優美でね。君は、その気配からすると剣かな」

「……よく分かりましたね」

「他の剣の魔物に会ったことがあるんだ。それに、弟は先程わざと君の名前を僕に預けていった。……あれだけの時間で、ノインに名前を預けたということは、彼に仕えることにしたのかい？」

「かもしれませんね。それと、お喋《しゃべ》りを楽しむ気分ではないんですが」

「……まだ、微笑み慣れてないね」

　ふっと微笑んでそう告げると、こちらを見た魔物の眼差しは刃物のよう。

　だが、この手の面倒な生き物を誑《たら》し込んでくるのは弟の特性なので、今更珍しいことでもない。

（とは言え、今回は、正面からぶつかれば僕でも無事では済まない階位の相手だろう。ノインも、この階位の魔物を拾うのは初めてじゃないかな……）

「慣れて微笑むものでもないでしょう。この通り、俺は舞踏会を心から楽しんでいますよ」

「そのように振る舞うと決めたのなら、今後は、自分自身も騙《だま》してしまうことをお勧めするよ。……それと、君はとても幸運だ。夜の中でも、食楽ほどに育み再生させることに長《た》けた系譜はない。君にかけられた呪いはどうやら、ただの災いではなく救いにもなるらしい」

リカルとしては皮肉も込めて言った言葉であったが、なぜかリーシェックは、澄んだ水色の瞳を瞠《みは》って立ち尽くしていた。

（おや。……食楽の系譜の呪いには、何か込み入った事情があるのかな）

「兄上。俺の騎士に何かしましたか？」

「ノイン。……随分と食べ物を持って来たね。別に彼を虐《いじ》めたりはしていないよ。ただ、食楽の呪いの話をしていただけだ」

「背景が面倒そうなので、触れないで下さい。話し出すと最後まで聞かなければならなくなる」

「やっぱり、君が一番冷淡だったね……」

「ここで報復めいたことをしでかしかけた理由を聞いて、それだけ捻《ひね》くれた魔物の相談に親身になって乗ってやっても、俺には何の益もないので。……リーシェック。舞踏会などの立食の料理は、これが基本形だ。最低でもこれだけの種類は取って来て味を確かめろ。先程のように出来の悪い料理ばかり大皿で食うのは獣以下の愚かさだぞ」

「……ノイン。仮にもその料理は、黎明の系譜の者達が舞踏会の料理として用意したものなのではないかな」

「あの料理は、奇抜さだけを狙った馬の餌以下のものでしたが?」

「分かった。もう何も言うまい」

「……それと、これを食ったらその呪いを引き剝がしてやってもいいぞ」


ノインから渡された皿の上の、これでもかと、けれども美しく盛り付けられた料理を目を丸くし見つめ、リーシェックはおずおずと皿を受け取る。

そして、淡く微笑んだ。

「これが、食楽というものですか。……呪いについては、以前の主人からの贈り物なので、当分手放す予定はありません。……それなりに興味深い経験ですしね」

「そうか。勝手にしろ。……ただし、仕事に支障はきたすなよ」

「やれやれ。俺は何でこんな精霊をご主人様にしたんですかね……」

「その呪いを背負ったせいだろ。……何だ？」

またどこか途方に暮れたような目をした魔物は、怪訝《けげん》そうに振り返ったノインに、苦笑して首を横に振る。リカルは肩を竦め、この皿の料理はどれも美味《うま》いですねと呟《つぶや》いている剣の魔物から視線を外した。

「さてと。……ノイン。今夜の舞踏会で、気になるご令嬢はいたかい？」

「面倒な話題を蒸し返すな」

「本当に君は、自分の時間を削られるのが嫌いだなぁ。恋はいいものだよ」

「恋かどうかはさて置き、それなりに嗜《たしな》んでいますよ。兄上が気にかける必要はない程度にね」

「それでも、好みの煩《うるさ》い僕にすら及ばない程度じゃないか」

「……あなたは、女達に人気がありますからね」

「それと、君がいつも選ぶ自立して物分かりの良さそうな女性達は、あまり君には向かないと思うよ」

「手のかかる女は面倒なので。俺の場合、資質上やる事が多いのはご存じでしょう」

「いっそ、ああいうのはどうだ」

「……よりにもよって、生まれたばかりの子供を指差すな。それが許されるのは、少年姿のあんたまでだ」

「さすがに僕も、乳飲み子を相手にしたら周囲の者達が止めるだろうけれどね」

「ほお。それを俺に……?」

「君の場合は、いっそあのくらい手のかかるものを選んだ方が相性がいいと思ったんだけれどね」

微笑んで見上げると、ノインは顔を顰めた。

とてもうんざりしているようだが、構わずに微笑んでいると額に片手を当てて溜め息を吐いている。

「幼児趣味は、兄上にお任せしますよ」

「違うと言っただろう。そんな君には、幼児趣味だと誹《そし》りを受けるような出会いがあるように祝福を授けておこう。いい出会いがあったら、僕が後見人になっても構わないよ」

「……っ!? 本気でやる奴《やつ》があるか! やめろ!!」

「という事だから、リーシェック。君の主人はいつか、小さな子供に恋をするかもしれないから、その時は諦めて付き合ってやってくれ」

「……下手に勘がいいのも嫌みですよ」

話を振れば、先程の皿をすっかり空にしたリーシェックが、僅かに眉を寄せこちらを見た。

だが、己の過去に気付かれるのが嫌なら、子供が編んだような飾り紐《ひも》の腕輪を見えるところにつけておかなければいいのだ。

「……俺を巻き込むな」

「ちょうどいいから、君もそろそろ伴侶探しでもするといい。とは言え、食楽には選択の資質もある。相手が君を選ばないと成り立ちはしないだろうが」

「選ばれても御免だな」

「やれやれ、口が悪いなぁ」

(でも、……勿体《もったい》ないじゃないか)

会場に入って来た時のリーシェックが、どれだけの怨嗟や憎悪の気配を纏《まと》っていたのかは、記憶に新しい。そんな魔物をあっという間に手懐《てなず》けてしまうこの弟が、どんな相手を最愛とするのかには、大いに興味がある。そもそも、ちょっと面倒な過去を背負っていそうな魔物を懐かせるくらいなら、そろそろ私生活を充実させて欲しい。

(食楽は、共にテーブルを囲む家族がいてこそ、豊かになると思うのだけれどね)

今でもノインの料理は素晴らしいが、夜の食楽の王を贔屓《ひいき》にする一人の精霊として、大切な者を得た後の弟がどんな料理を振る舞ってくれるのかは、とても楽しみであった。

とは言えリカルも、弟が心を預ける相手がその後百年も現れないとは思っていなかったし、本当に小さな子供を見付けてくるとは思わなかった。

ノインがディアラーシュと出会った頃になると、リーシェックの腕にはもうあの飾り紐の腕輪は見当たらなかったが、相変わらず食楽の呪いは背負いっ放しのようだ。

だが、食事そのものは心から楽しんでいるようなので、ただの悔恨ではなく、かつて心を与えた誰かの遺品のように手元に残すことにしたのかもしれない。

そしてリカルは、そんなシャムシールの剣の魔物の過去をおおよそ推察しているに違いない弟が、彼をディアラーシュの護衛騎士に命じたと知り、あの弟にはそういうところがあるなと苦笑したのだった。

✦✦✦ そのまたどこかのお話：とある竜の通り道

「今夜は、スープですか。もう少し嵩《かさ》のあるものが良かったな」

「……お前は、いい加減に夜食を作った夜にだけ戻って来るのをやめろ」

「はは、俺の主人は我《わ》が儘《まま》ですね」

「どっちがだよ。……西の自治領はどうなった？」

「今の政治体系では、遠からず自滅するでしょうね。ということで、軽く枝を落としておきました」

「……は？」

「大切な葡萄《ぶどう》畑があるのでは？　今の愚鈍な王族達《たち》よりも、公益の重要さを知る辺境に追放された王家の方が上手《うま》くやるでしょう」

「俺は、葡萄の妖精達の話を聞いて来いと言ったんだぞ」

「ですが、ディルヴィエではなく俺を行かせたのは、武力行使が必要な場面があると思ったからでは？」

「だとしても、王家の交代ではなかったがな。……くそ。お前のせいで、あの国を盤上にして国崩しを行っていたかもしれない連中が、こちらを向くだろうが！」

ノインは顔を顰《しか》めてそうぼやいていたが、ビストは小さく笑って、この部屋の扉を開ける前から用意されていたグラスを取った。

グラスに映るのは、短い紅茶色の髪に青い瞳の自分の姿。目の前の主人からは、系譜に見合った色だと言われる。しかし、同じ種族の連中からは、竜というよりは魔物や精霊の面立ちだと言われることが多い。


「……へぇ。この葡萄酒は初めてですね。美味《うま》いな」

「晩秋の星空と夜霧の葡萄酒だな。まだ畑は若いが、将来性を見て買い上げたメゾンだ」

「だから、この夜牛のスープなんですね。肉煮込みのスープが美味いと思うのは、ここに来てからですよ」

「お前が直前までいたのは、ヘレベの王宮だろ。どんだけ雑な仕事をする料理人だったんだよ」

「あの国は、何でもトマト味でしたからね……」


少し嫌な記憶が蘇《よみがえ》り低く呟《つぶや》くと、ノインもそうだったなと肩を竦《すく》めた。

ビストが夜の食楽より以前に身を置いていたのは、薔薇《ばら》の木の精霊の守護を持つ南方の大国だった。豊かな漁場を持つ港にはいつも活気があり、こちらの北方の国よりも遥《はる》かに早い夜明け前に朝のミサの鐘の音が鳴り響くような国だ。

（……目を閉じると、今でもあの国の夜明けを思い出すことが出来る）

青い海に鮮やかに映える白壁の建物群と、見事なモザイク装飾の神殿建築の美しい国だったが、唯一、料理のほぼ全てがトマト味という、ビストにとっては見過ごせない問題があった。

素材の味を活かした薄味の料理が多く、そうなると必然的に味付けはほぼトマト味になる。

それ以外は気に入っていたあの国を出たのは、料理が合わなかったからと言っても過言ではない。

秋闇の竜には美食家が多く、トマト料理も好きだが全てが同じ味となれば、話は変わってくる。

「それと、剣の魔物を拾ってきたようですね」

「お前までその言い方かよ。シャムシールだ。正式に主従契約を交わしてある」

「剣の中でも、食楽と無縁で、冷酷な気質だったはずですが、ここ二年ほどは狂乱の気配があると言われるくらいに荒《すさ》んでいたようですよ。……主人でも死なせたのかもしれませんね」

「あいつに呪いをかけたのは、その主人だ。砂の宮殿の魔術王だな。調べさせたがまだ存命のようだから、死んだのは別の誰かだろう」

「であれば、娘かな。……少し前に、あの国の王の娘が夏至祭の連中に食い殺されたという噂《うわさ》があった筈《はず》です。あの国の王は人間の中でも、三席相当の階位の魔術師なので、どうか狂わずに済めばいいのですが」

そんな話をしながら煮込まれて柔らかくなったスープの中の肉を骨から剝がしていると、向かいの席のノインがやけに暗い顔をしていることに気付いた。

「……何かありましたか？」

「兄上が、ろくでもない祝福を寄越《よこ》したんだ。お前の主人は、その内、乳飲み子を伴侶にするかもしれないぞ」

「それの、どこがまずいですか？」

「ああ、くそ、竜に言っても無駄だったな……」

ノインはそう呻《うめ》いていたが、相手が幼い内から伴侶として抱え込むのは何も竜ばかりではない。いずれは伴侶にするとしても、そもそも愛《いと》し子《ご》だということは精霊や妖精にもある。

「案外、向いているんじゃないですか？　何かの面倒を見るのは好きでしょう」

「言っておくが、結果的に見る羽目になっているんだ。……ったく、リーシェックの奴《やつ》はまた抜け出しやがったな」

「真夜中の精霊を殺すのはやめたようですが、まだ殺し足りない系譜の連中がいるのかもしれませんね」

「面倒なことになるから、夏至祭の王の周囲には近付けさせるなよ」

「……ん？　俺がですか？」

「その為《ため》に呼び戻したんだ。あいつを抑えられるのは、お前くらいだろ」

「いや、あなただってその気になれば簡単に出来ますよね？　対外的には、食楽だけが魔術領域かのようにしていますけれど」


そう告げると、ふっと笑う気配があった。

ぼんやりとした部屋の明かりの中で、鮮やかな紫の瞳が光を孕《はら》むように揺れる。


「だからこそだ」

「……まぁ、そうでしょうね」


（これのどこが、穏やかな気質の精霊だというんだ）


小さく息を吐き、けれどもそのまま食事を続けた。

夜の食楽を治める王は、食事というものの階位が夜にこそ上がる土地が圧倒的に多い為に、夜の最高位となる真夜中の精霊が管理を得たが故のひと柱だ。

そして、多くの生き物にとって、生きていく上での健やかな食事は無視し難い要素となる。食事そのものに興味を持たない一部の者を除けば、殆《ほとん》どの者がその障《さわ》りなど受けたくはないだろう。また、摂取という括《くく》りになれば、どれだけのものが食楽の魔術のテーブルに上げられるかは言うまでもない。

それを嗜好品《しこうひん》とする生き物がいれば、毒も汚泥も祝福としても障りとしても扱える。更には、中毒などの障りや疫病の領域の魔術さえもがこの男の手の内だと知る者は限られていた。

今回拾われてきたシャムシールのように、本来は食事を摂《と》らなくてもいいが、持ち手の影響を受けることで食事と無縁とは言えなくなる者も多い。

完全に飲食と無縁の生き物でない限り、食楽の魔術領域からは逃れられないのだ。

（それに、高位の者程に、料理や菓子、酒類などに拘《こだわ》ることが多い。長命種の娯楽は少ないからな）

また、当人がそれを受け流せても、国を治める王や系譜の王となれば、その系譜ごと呪われるのは避けたいだろう。国民や臣下達からすれば、その呪いに我慢がならない時に退けるべきは王となる。

何せ、食楽に牙を剝《む》けば、かけられた呪いは永劫《えいごう》に解けることはない。

夜の食楽の王の敵を滅ぼすのは、一滴の葡萄酒かもしれないし、己の身内かもしれない。

これは、そういう生き物なのだ。

「……いつまで食ってるんだよ。悠長過ぎるだろ。魔術証跡でも繫《つな》いであるのか？」

「一応は。それに俺の方が器用で階位も上ですからね」

「お前が夏至の系譜じゃなくて幸いだったな」

「あの系譜の軽薄さは嫌いですが、そうだったとしても、俺の方が先にあなたに仕えているんですが？」

「……おかしな理由で不機嫌になるのはやめろ」

うんざりしたような声音に苦笑し、やれやれと肩を竦めた。

何よりもこの夜の食楽の足下を固めるのは、ここに集まる者達が多いからだろう。

単純に食楽の王の気質ということではなく、そもそも、食環境の充実は働く者達にとって大切な条件の一つとなる。かくいうビストも、食楽の領内に逃げ込んだ経緯は、料理が間違いないというしょうもない理由だった。

「この立場は譲れませんよ。美味い食事に加えて、真夜中の精霊の領域には豊かに暮らせる資質がこれでもかと揃《そろ》っている。安眠に静謐《せいひつ》に優美。音楽に芸術に文学。そして好めば終焉《しゅうえん》や享楽まで。夜そのものを厭《いと》わない限り、ここに勝る住処《すみか》はないでしょう。幸いにも、俺は秋闇なので真夜中とは親和性が高いですからね」

「……尤《もっと》もらしいことを言いながら、皿を差し出すのをやめろ」

「ただし、今夜は量が足りません。枝払いをしてきたばかりなので」

「……どれだけの枝を払ったんだよ。面倒事を避ける為の派遣だったんだぞ!?」

そこで、ふっと繋いだ魔術の糸が揺れた。

(……思っていたより荒れているな)

本来のシャムシールなら、こんな風に繋がれた魔術の気配を見過ごす筈がないのだが、喪《うしな》った何かが、それだけあの男の中から多くのものを奪ったのだろう。

或《あ》いは、それだけの変化を齎《もたら》したのだ。

(まぁ、竜も愛する者や庇護《ひご》する者を喪うと、簡単に死ぬからな……)

そんなものなのだ。

それを最初から理解しているかどうかで、喪うかどうかが変わりはするが、とは言えよくある話である。

そして、その苦痛を呑《の》み込み生き延びるのか、抱えきれずに死ぬのかは、どちらかと言えば運次第だろう。


「あなたの拾ってきた魔物の状態が良くないので、連れ戻してきます。二杯目はもう少し量を多めにしておいて下さい」

それだけを言い残し、顔を顰めたノインにくすりと笑い、窓から飛び立った。

人形のままでも充分に制圧可能だが、夜闇の中ではこちらの姿の方が簡単に用事を済ませられる。


（……食事をしたら、昼までは寝るか。久し振りにこの城に戻ってきたから、朝食は仕方ないとしても、昼食は抜かせないな）

そんな事を考えながら翼を広げると、主人でもあり、そろそろ友人にもなりかけている食楽の王は、ぶつぶつ言いながらも何を作ってくれるだろうと考えて微笑《ほほえ》んだ。

誰かのお話：剣の魔物と苺のケーキ

魔術に長《た》けた強欲な王がいると聞き、その国で足を止めたのはいつのことだっただろう。

見上げた空は曇り空と青空が斑《まだ》らになっていて、天気雨の煌《きら》めきに青々とした森の木々が濡《ぬ》れていたので、夏だったような気がする。


砂の国の豊かなオアシスの中に佇《たたず》むのは、瑠璃の王宮。

風にたなびく色鮮やかな布と、咲きこぼれる赤い薔薇《ばら》の花。

そんな王宮の敷地内に薔薇園に囲まれた小さな離宮があり、リーシェックが護衛を任された小さな王女が暮らしていた。

その王女が生まれるまで、国を治めていた王は、多くの者達《たち》に愛された気のいい魔術師だったという。

王が最愛の妃《きさき》との間に生まれた初めての子供の為《ため》に妖精達に生誕の祝福を頼んだところ、王の為にと集まったその土地に暮らす様々な妖精達が、我先にと潤沢な祝福を授けた。

しかし、過分な祝福は受け皿となる体が育っていてこそ祝福となり得るものだ。

必要とする以上の水を注がれた花が腐り落ちるように、その娘の体は簡単に壊れてしまった。我が子の体を押し潰す祝福を必死に引き剥がそうとした妃も、仮にも祝福として差し出されたものを損なおうとした結果、その場で死んだらしい。

そして王は、数年も生きないだろう体になってしまった幼い娘に失望し、背を向けたという。


そこまでが、誰もが知っている話だ。


その事件を機に温和だった一人の王が冷酷で残虐になり、併合した国々から召し上げた側妃達との間に生まれた健やかで優秀な子供達は、気紛《きまぐ》れな王を満足させるために継承権を巡って競い合うようになった。生誕の祝福に呪われた王女は、王が彼女を幽閉する為に建てたという離宮に閉じ込められたまま。

リーシェックが魔術王と呼ばれた一人の男に仕えたのは、砂の国を取り巻く様相がそこまで凄惨なものになってからだった。


「リーシェック。私に仕えて何年になる？」

「まだ二年ですが、それがどうかしましたか」

「そろそろ問題なさそうだな。……君には、私の娘の護衛をして貰《もら》おう。まだ護衛騎士を得ていない娘が、一人だけいてね」

「……まさかとは思いますが、あの寝たきりの子供ですか？」

「そうだ」

「剣を置くのに相応《ふさわ》しい場所だとは思えませんが。……もしかして、俺を貴族の養子に押し込んだのも、その為ですか？」

「まずは、あの子の離宮を見てくるといい。私は、君を置くのにこそ相応しい場所だと思っている」


残虐さを気に入り主人とした魔術王の命令で、渋々その離宮を訪れたリーシェックは、牢獄《ろうごく》の筈《はず》だった離宮が、魔術の粋を集めて作られた防護壁であることに気付いた。

（そして、この王女の命を削っているのは、主に植物の系譜の祝福なのか……）

となると、殺戮《さつりく》と戦いを好む剣の魔物を護衛に付けようとしているのは、継承争いの火の粉からこの娘を守る為ばかりではないのだろう。幼い王女に授けられた祝福の多くが、リーシェックが持つ魔術との相性が悪いからだ。

（成る程。俺の持つ魔術で祝福を少しでも枯らし、娘の体にかかる負担を減らそうという魂胆らしい）

だが、リーシェックは、戦場に出て殺戮を行う為にあの王に仕えたのだ。

一日の殆《ほとん》どを寝台から出ずに過ごしている、生きているのか死んでいるのか分からないような子供の面倒を見る為ではない。
とは言え狡猾《こうかつ》な主人は、剣の使い道は殺すばかりではないと訳知り顔で言うので、うんざりしながら任務に就き、やはり人間は愚かだったなと辟易《へきえき》しながらではあるが、少しだけその場に留《とど》まることにした。

（次に仕えるのであれば、人間はなしだな）

剣の魔物は主人を選ぶ魔物ではあるが、その忠誠は無償のものではない。剣だからこそ、相応しくない主人に無駄に仕えることはないし、見限った主人をどうするのかはこちらの気分次第だ。高潔さに聡明《そうめい》さ、残忍さや強欲さ、剣によって主人に望むものは違うが、それぞれの剣は己《おの》が主人に求めるものを明確にしている。
それがたとえかつての主人であろうと、望ましくないものを排除することを厭《いと》わないのもまた、時には叛逆《はんぎゃく》の切っ先となる剣というものの資質であった。

（……だから、少しだけ。少しだけだ）

どうせこの子供は、あっという間に死んでしまうだろう。
その思考は冷えていたが、普通の人間であれば見える筈のない妖精の足跡を見付けて微笑《ほほえ》んでいる小さな子供は、いつだって不思議と穏やかな目をしている。

思えば、出会った時からおかしな事を言う子供だった。

リーシェックの正体に気付いておきながら、自分はすぐに死んでしまうので安心するようにと微笑んだこの子供は、いつだって与えられたものに満足しているように見える。

箱庭育ちのくせにお人好《ひとよ》しなばかりではなく、皮肉っぽい考え方もするし、どこか達観しているような様子もあった。

だが、その時に手の中にある以上のものは、何も望まないのだ。

十日間生きることよりも、その日の朝に綺麗《きれい》な薔薇が咲いた方が嬉《うれ》しいと大真面目に言うような子供の目にはひと欠片《かけら》の諦観もなく、呆《あき》れる程ちっぽけな取り分をにこにこしながら本気で喜んでいる。

きっと、その心ごと、この箱庭のような離宮の中に捕らわれていたのだろう。

「リシェド。見て下さい。今日は青みがかった綺麗な色の曇り空なんですよ。とても綺麗ですね」

「……そうですか」

「リシェド。今日は体調がいいから、窓を開けられることになりました。こんなに幸せなことはありません」

「良かったですね」

「妖精の足跡の上に、花びらが落ちていたんです！　何日も具合が悪くて起きられなかったので、この綺麗な花びらを見付けて嬉しくなってしまいました」

「障りが出るので、触れない方が宜《よろ》しいかと」

「先日、私に毒を盛ったお兄様は、それが効率的なだけで、私のことは嫌いではないそうです」

「……それを本日の良いこととなさるのは、さすがにどうかと思いますが」

話しかけられた時だけ、言葉を返す。護衛対象の王女は、それを不快だと思う様子はなく、必要以上に会話を続けるつもりもないようだ。

一度も自分を訪ねたことがない父を恨む事もなく、周囲の貴族達の駆け引きを一歩下がったところから眺めて呆れながらも、その中の誰かに自分の持ち物を奪われても溜《た》め息《いき》を吐《つ》くばかり。

何一つ欲しがらないから、少しずつ不思議に思い始める。

心がない訳ではなく、感情の揺らぎは豊かな人間だ。

にこにこと微笑むことが多いが、声を上げて泣いたことはない。

足下の悪い道でリーシェックが手を貸さずに転んでも、きっとこの王女は、この道ならそれは転ぶだろうと思うくらいだろう。


「……お手を」

「まぁ。手を貸してくださるのですか？」

気付けばリーシェックは、自分からその王女に手を貸すようになっていた。

主人に命じられたこと以外は絶対にしなかったが、それでも、騎士としての役割はしっかりと引き受けるようになったのだと思う。戦い殺すことばかりが愉快だったリーシェックにとって、それは、初めての、守ることだけを課された時間だった。

そこから更に何かが変わり始めたのは、真夜中に発作を起こした王女を、ただ見ていた夜のことだ。

最初の頃はそろそろ死ぬだろうかと思うくらいだったが、今では、手助けをしてやろうにも却《かえ》って悪化させるだけなのでと、発作の時は敢《あ》えて必要以上には近付かないようにしていた。

過分な祝福に身を蝕《むしば》まれているところに近付けば、それが元凶となる祝福を枯らすリーシェックであろうとも、余計な刺激になる。だからと諦めて見ているだけの夜に、よりにもよってその王女は、こちらに気付いて嬉しそうに笑ったのだ。

「……そこにいてくれるのは嬉しいです。死ぬ時に一人なのは、…………寂しいですから」

その頃には、王女が体調を崩す日に限って、離宮で働く者達が不自然に姿を消すようになっていた。

仕事で呼ばれたから、用意しておくべき布や湯が切れたから、突然体調が悪くなったから、たまたま休憩時間だったから。そんな理由を付けて、みんながいなくなる。

最初の頃は献身的に王女に寄り添う愛情深い者もいたが、そういう者は、結果的に彼女を殺そうとする者達に排除されやすくなる。一人また一人と減っていき、せめて危害は加えない人材をと選別しても、残ったのは寄せ集めのような無関心な者達ばかり。

だから、こうなるのも当然のことだった。

それなのに、なぜ、こんな惨憺《さんたん》たる状況で、ベルローザは嬉しそうに笑うのだろう。

誰も薬湯を運ばず、汗を拭く侍女すらいない真っ暗な寝室で発作の苦痛に体を捩《よじ》りながら、そこにいてくれるだけで嬉しいと幸せそうに笑った姿を見て、リーシェックは途方に暮れてしまった。

それが、リーシェックが初めて触れた、何も欲しがらないベルローザの願い事だったのだ。

「夏の終わりに開かれる夏終《じま》いの舞踏会には、苺《いちご》のケーキが出るのですって。この国では滅多に手に入らない果物だから、その為だけにでも参加する価値があると言われているみたい」

「俺にはその価値は分かりませんが」

「リシェドは、殆ど食事をしないのね。もしかして、この国の食べ物が口に合わないの？」

「と言うより、食事そのものに興味がないので、必要とされた時以外は、望んで時間を割くこともないでしょうね」

「まぁ。絶対に損をしているわ。美味《おい》しいものを食べると、とても幸せな気持ちになれるのに」

「俺はそうはならないと思いますよ」

少しずつ、少しずつ、その国の王子や王女が減っていった。

それは、この国の王が敷いた魔術の成就の日が近付いているということだ。

リーシェックとも以前よりも多くのことを話すようになり、手を差し出せば躊躇《ためら》わずに重ねるようになったが、それでもベルローザは、リーシェックに、苺のケーキが食べたいとは言わない。

以前のように発作で寝込まなくなり、ベルローザは、とうとうダンスの練習すら出来るようになった。多くのことが出来るようになっても、やはり食べることが一番好きなようだが、自分から何かを欲するということは殆どないままだった。

「では、その舞踏会では、俺があなたに、苺のケーキを取ってきましょう」

「まぁ。では、みんなが食べて、残っていたらね」

いい加減に腹立たしく思い始めていたリーシェックがこちらから差し出してもそう笑うばかりだったベルローザは、けれども、その苺のケーキを食べることはないままに、呆気《あつけ》なく死んだ。

（……夏至祭の夜だった）

よりにもよって彼女は、人ならざる者達が紛れ込む夏至祭の夜に一人で庭園に出てしまい、あの、妖精の祝福のせいで余計なものがよく見える目で、夏至祭の夜に人間達に悪さをしに来た生き物達を見付けた。

それればかりか、その中の一人をリーシェックと間違えて声をかけてしまい、彼等《かれら》に姿が見えているということを知られたのだ。

夜の間中、死に物狂いになって捜していたベルローザを夜明けと共に見付けたのも、ずたずたになった体を抱き上げ、苦痛を感じずに済むようにとその痛みを引き取ったのも、リーシェックだった。

夜明けと共に降り出した雨の音が響く中、文字通り身を引き裂かれる苦痛を感じながら、まだ微《かす》かに息の残るベルローザが目を開くのを待つ。

「……リシェド？」

「…………馬鹿ですか、あなたは」

それでも、開いているはずの瞳は虚《うつ》ろなままで、残された息の間だけ意識を保てていたベルローザと、リーシェックの目が合うことは終《つい》ぞなかった。

彼女をこんな姿にした夏至祭の客の誰かが、妖精の祝福を集めた瞳が、隠れている筈の自分達を見付けたことを不愉快に思ったのだろう。

瞳そのものが残されただけ幸いとも言えたが、見る為の機能は殆ど剝ぎ取られていたのだ。

少しずつ、少しずつ。

共に過ごすことで育っていった、リーシェックの中の何かを道連れにして、ベルローザの命が壊れていく。

無惨に魂まで食い荒らされた彼女を救うことは、もはやリーシェックにも叶《かな》わない。このまま死ねば、彼女は、死の国にも行けずに壊れてなくなるだけ。

駆け寄ってきて、リーシェックが抱えているベルローザを見るなり絶叫したのは、リーシェックの主人であるこの国の王だろう。

背後で泣き崩れて運命を呪う怨嗟《えんさ》の言葉を吐く男の、彼に残された最後の愛する者を守れなかったリーシェックを詰《なじ》る言葉を、ぼんやりと聞いていた。

その男が、娘が最後に願った言葉を、そのまま呪いに変えても、避《よ》けようとは思わなかった。

(…………結局、ここにいた誰一人として、彼女を守ることは出来なかった)

もし、夏至祭の夜に厄介な場所に迷い込んでも、そこにいたのがどれだけ残忍な生き物達でも、リーシェックを呼びさえすれば、ベルローザは助かったのだ。

剣の魔物で、主人からベルローザの護衛騎士に命じられていたリーシェックなら、彼女が呼べはどこにだって駆け付けられた。

それなのにベルローザは、リーシェックを呼ばなかった。

リーシェックが人間ではないことも、ある程度の階位にある人外者だということも知っていたくせに、ベルローザは、助けて欲しいとすら願わなかった。

剣として生まれて、たった一人の愛した者にすら望まれずにむざむざと喪《うしな》う自分は、どれほど惨めなのか。

だがそれは、愛する者の守り方を間違えたと、こんな形で思い知らされた後ろの父親も同じだろう。人間としては規格外の魔術師である彼もまた、娘が助けを呼べばそれを救うだけの力はあったのだから。

（それでも、……俺も、この男も、ベルローザが願うにすら値しないもののままだった）

リーシェックの主人であるこの男は、娘にかけられた祝福を解く魔術を動かすのに必要なだけの魔術師としての階位を得るべく、継承権を餌に他の子供達を殺し合わせ、魔術の贄《にえ》とした愚かな男だった。

祝福と相殺させるには、災いや怨嗟しかない。

だからこそ、祝福に殺されかけている娘を、血族同士の殺し合いのテーブルにこっそりと載せておき、他の子供達の殺し合いで祝福を削り取らせることもまた、この男の計画だった。

だが、それでもまだ、普通の人間には多過ぎた祝福が、ベルローザの体には残っていた。発作を起こして死にかけるほどではなくなったが、夏至祭の夜の向こうに、見付けてはいけない者達を見付けてしまうくらいには。


（とうとう最後まで、…………一度も俺を呼ばなかった）


その絶望が染み込んだ心が冷え込む一方で、ベルローザから引き取った痛みが、もろもろと崩れ落ちてゆく。

彼女がどこにもいなくなるようで必死に手繰り寄せたが、やがて、ベルローザから引き受けた痛みは全て消え失《う》せた。


「…………ダンスくらい、……あなたが願えば、何曲だって踊ったのに」

けれども、それもきっと、リーシェックがもっと早くに言うべきだったのだろう。

望んでくれと、呼んでくれと、彼女に願うべきだったのだ。

望み方を知らないベルローザに、呼んでもいいのだと教えてやるべきだった。

でも、その願いはもう二度と、叶わない。

もう二度と。

リーシェックが初めて愛したものは、無残に引き裂かれて消えた。


あの夏至祭の日から、どれだけの月日が経《た》っただろう。

耐え難いほどに長くも感じられたが、剣の魔物としてはさして長くもない日々。

次の主人は、夜の食楽の王だった。

そしてそこでも、リーシェックは、よりにもよって守る事を命じられている。


「お嬢さんは、なぜ水を飲む前に必ず臭いを嗅ぐんですか?」

「……まぁ。そのようにしていましたか?」

「見る相手によっては気付かないくらいですが、俺はそういう仕草を前にも見たことがあるので」

「ファーシタルにいた頃、よく毒を盛られていたので、無意識に雪水仙の香りがしないかどうか確かめてしまうようです。もう、そんな心配はしなくてもいいのに、なかなか抜けないものですね」

どこか飄々《ひょうひょう》とそう言ってのけたのは、リーシェックの今の主人がやがては伴侶にする予定の人間だ。

遠い日にこの心の中にいた誰かのように、妖精の足跡を見ることは出来ず、それどころか祝福を一つ宿すだけでも調整が必要になるくらいに魔術所有値が低い。

それなのに、毒を盛られていたらしいとなぜか微笑んでいたベルローザの面影が重なった。


「で、これは何です？」

「ノインに作って欲しい、お料理のリストです。食べたいものがあったら言うようにと言われたのですが、苺のケーキは絶対なのですよ」

おまけに、願うことを躊躇う様子は殆どない。

それどころか、どちらかと言えば、己の欲求にはかなり貪欲な人間なのだろう。

「おっと。……この花びらには触れないように。屋敷に入れるくらいの階位の妖精が、運んで来たんでしょう。お嬢さんの体には障りますからね」

「この花びら一枚でも、良くないものなのですか？」

「妖精の通り道に敷かれた花びらは、釣り餌のようなものですからね。奴等《やつら》はなかなかに狡猾な真似《まね》をする。お嬢さん程に所有値の上限が低いと、連中に攫《さら》われるとあっという間に食われますよ。

ディルヴィエの守護があるので、実際にはそう簡単に攫われないでしょうが」

「……絶対に触りません」

「ええ。そうして下さい。……それと、一応は護衛ですからね。何かがあったら、俺を呼ぶように。ノイン様が菓子を焼いたときにもそうしてくれて構いませんよ」

「私のケーキは、二度と渡しませんよ！」


食事の楽しみを知ったのは、皮肉にも前の主人がかけた呪いを背負ってからのことだった。

この呪いが食楽の系譜のものだったからこそ今の主人の目に留まり、呪いの代価としての食事だと言った筈なのだが、なぜか初対面から食べ合わせの指導が入った。そんな精霊を新しい主人にしてもいいかもしれないと考えたのは、リーシェック自身には声をかけたくせに、その要因となる呪いの経緯には全く興味がなさそうだったからだ。

それに、どちらにせよ、剣を振るうだけ空腹になるこの呪いのせいで、食べ物を手に入れ難い環境に身を置くのは難しい。

そんな理由で選んだ主人だったが、いつの間にかリーシェックは、ノインに付き合わされてあちこちの店を引き回されたり、試作の料理などを食べさせられている内に、食事そのものが気に入ってしまった。

今ではもう、食べられれば何でもいいとは思わなくなった。それどころか、あんまりな料理となると、空腹でも避けることもある。寧《むし》ろこのあたりは恩恵というよりは、食楽に仕えている弊害だろう。

（今はもう、この主人が気に入っている。と言うか、……まぁ、主人としてということであれば、今迄《まで》で一番だろうな）

その理由は、夜の食楽の王の城に集まる連中を見ているだけでも、何となく納得出来た。自分も相当に面倒な気質だと思うが、そんなリーシェックの目から見てもそこそこに面倒な者が多い。

けれどもそんな同僚達が、夜の食楽の王を中心にぴたりとはまるのだ。

そして、そんな主人が連れて来たのが、この脆弱《ぜいじゃく》な人間である。

いずれは真夜中の精霊として取り込むつもりだろうし、既に瞳の色などは変化しているそうだが、未《いま》だにその履歴故の魔術への耐性のなさが足枷《あしかせ》となっていた。

「食い意地が張っているのは悪いことじゃありませんが、お嬢さんの体で欲張ると、また寝込みますよ」

「幸いなことに、私は寝込むことにはとても慣れているので、美味しいケーキを優先するかもしれません」

「やれやれ、ディルヴィエの使い魔と同じ主張ですね」

そう言えば呆然《ぼうぜん》としていたが、この人間は笑ってしまうくらいに貪欲なのだ。

（初めて見たのは、真夜中の精霊王の舞踏会でのこと）

その舞踏会でリーシェックの主人が作ったのは白いクリームに赤い苺が鮮やかなケーキで、リーシェックはなぜか、そのケーキばかりは手を出すのが躊躇われてぼんやりと遠くから見ていた。

ずっと昔に、ベルローザに食べさせてやれなかった、苺のケーキ。それは、夜の食楽の王に仕えるようになってからだいぶ経っても、リーシェックの中に残る棘《とげ》のようなものだったのだろう。

そして、何も食べてはいけない筈なのに、そのケーキをなんとか食べようとしてテーブルの下で飛び上がっていたのが、ここにいるディアだった。

何がどうなって夜の食楽の王がその子供を選んだのかについては、若干の罪悪感を覚えるものでもある。

だが、あの時に苺のケーキを幸せそうに頬張っていた青い瞳の子供が、自分を殺そうとした者達の手から逃れてここにいるのだと思うと、たったそれだけのしょうもないことで救われる何かがあ

るのだ。

「…………少しも似ていないのに、どうしてでしょうね」

小さく呟《つぶや》き、その言葉を聞き取り損ねて首を傾《かし》げている新しい護衛対象ににっこりと微笑みかける。

離宮に押し込められていた、哀れな子供。

青い瞳をしていて、すぐに寝込んで、けれどもそこから先は少しも重ならない。

それどころか、目の前の少女はもはや瞳の色も同じではなくなってしまった。

だから、ベルローザとは少しも似ていないし、何かを感じるほどには重なりもしない筈なのに。

それでもなぜか、この役目を命じられたことで救われる何かがある。ディルヴィエに後見人を任せ、夜明かりの妖精達を大喜びさせた主人は、きっとそんなことはお見通しの上でリーシェックにこの仕事を任せたのだろう。

「お嬢さんなら、きっと何かがあった際には、躊躇わず俺を呼ぶでしょうね」

「ノインのお菓子が焼き上がった時は、呼ばないかもしれません」

「そこは、もう少し慈悲深く生きてもいいと思いますよ」

「そもそも私の為に焼いてくれたものなら、一つ残らず私のものなのです……」

「やれやれ。お嬢さんは、強欲ですねぇ」

「強欲……？」


いつか、こうして守るようになったあの時の子供が、この名前を呼ぶだろう。

その時にまた、リーシェックの中で何かが変わるのかもしれない。

✦✦✦ いつかの午後の話：お留守番と盗まれたシチュー

ディアはその日、ファーシタルを離れて暮らし始めた屋敷の中を歩いていた。

まだディアの体が整っておらず、すぐにはノインのお城に移り住めないのでと滞在している森の中の素敵なお屋敷である。


真夜中の精霊は精霊の中でも最高位にあたるので、その中の王族位にあたるノインのお城となると、土地の魔術の階位が相当に高いのだそうだ。

よってディアは、これからは暫《しばら》く、体調などを見ながらその時の体に合った土地で暮らしていくことになる。

まずはこの森の屋敷で基礎的な体作りを始めるのだが、とは言えずっとここにいるのではなく、体調が整っている時期を見計らって真夜中の精霊の管轄下にある夜の系譜の土地や、ディルヴィエの一族のいる妖精の国などに滞在したり、それ以外の適した土地に旅行に出かけたりしながら、段階的に体を慣らしてゆくのだそうだ。


（……ノインに、随分と負担をかけているのではないかしら）

そんな説明を聞けば、ディアがノインのお城に移れるまでの期間をおおよそ一年半とし、その後お城に馴染《なじ》むまでの半年を予備期間も加えて長期休暇を取ってくれたことに対して僅かな引け目を感じてしまう。

その期間で、ディアが見てみたかった世界中の様々な土地を巡る予定もあると聞けば嬉《うれ》しくて弾んでしまうのだが、ノインとて夜の食楽の王である。

王様としての仕事に、影響は出ないのだろうか。

（ディルヴィエさんからは、精霊はそういうものだから必要な時期が今だったのだなとみんなが思うだけだって言われたけれど、……王様がいなくてもいいのかしら）

ディアは、ファーシタルを囲む森の外のことを殆《ほとん》ど知らない。なので今は、ノインやディルヴィエが教えてくれることをそのまま受け取っているのだが、とは言えその二人は、ディアに対して好意的な人達《たち》だ。彼等《かれら》が良しとしてくれても、実際には問題があるということはないのか、密《ひそ》かにはらはらしていた。

「……なので、おやつくらい」

だからこそ今日のディアは、一人で厨房《ちゆうぼう》に向かっていた。

何か実務上の問題があったようで、ノインとディルヴィエは屋敷を離れて不在にしている。

屋敷には護衛騎士として付けて貰《もら》ったリーシェックがいるのだが、階位としては高い爵位を有するという彼に、おやつを探しに行くので付いて来て欲しいというのは如何《いかが》なものだろうか。

幸いノインからは、この屋敷から出なければ好きに出歩いて構わないと言われているので、ここは一人で厨房に出かけることとした。

歩いていると、ぐぅとお腹《なか》が鳴った。

恥ずかしさに真っ赤になって両手でお腹を押さえたディアは、ノインの作ってくれた料理を食べて転属してゆく真夜中の精霊としての資質の、食楽に向かうからこその弊害に項垂《うなだ》れた。

（ノインと同じものになっていくのはとても楽しみだけれど、その為《ため》にいつもよりもお腹が空《す》くなんて……！）

体の変化が顕著な時、ディアはこんな風にお腹が空くようになった。無事に真夜中の精霊の中でも食楽の資質に向かっている証拠なのでいいことだが、淑女としての矜持《きようじ》は粉々になりかねない。

ノイン曰《いわ》く、ディアは元々よく食べる方だったので、食楽の中でも料理を振る舞う側ではなく、美味《おい》しく食べることを楽しむ側の資質を得る可能性が高いのだとか。

だからこそ、いっそうにお腹が空きがちなのだ。

ノインもそれを理解して部屋には焼き菓子などを置いてくれていたが、食べすぎると魔術中毒で寝込んでしまう。

その配分もなかなかややこしい為、部屋に用意されたお菓子は最低限の量だった。

そしてつまり、ディアはそれでは足りずに腹ペコなのである。


（着いた！）

厨房を見つけたディアは、喜びのあまりぱたぱたと駆け込み、慌てて立ち止まった。

厨房に来るのは誰かとでも一人でも初めてではなかったのだが、その中に、初めて見る人がいるではないか。

びっくりして動きを止めると、はっとしたように振り返った背の高い男性が、なぜか窓際に逃げていく。


「……逃げたということは、不法侵入者でしょうか」

「おっと。誤解しないでくれ。俺は、君の過保護な精霊の部下だからな！　ただ、まさかここで会うとは思っていなくて、驚いたんだ。……今の君の状態だと、俺には近付かない方がいい。ノイン達や、リーシェックのように器用じゃないから、魔術の調整をしてやれない」

不審者にされかけた紅茶色の髪の男性は、とても慌てたのか若干早口でそう説明してくれた。

ディアは目を丸くしてから頷《うなず》いたが、全面的に信用していいのかは分からないので、リーシェックを呼ぼうと考える。

しかし、ディアの護衛騎士は既にこの騒ぎを察知していたらしい。


「……ふぁっ!?」

いきなり背後から抱き上げられて思わず声を上げてしまうと、どこかじっとりとした目のリーシェックがいる。

はっとするような鮮やかな水色の瞳は、ディルヴィエの瞳とはまた色相が違い、とても綺麗《きれい》だ。

「お嬢さん。どうして俺を呼ばなかったんですか?」

「……おやつを探していたので、……」

ここで、ぐぅぅという音が響き、ディアは、どこかに消えてしまいたくなった。

真っ赤になって項垂れたディアに、厨房には沈黙が落ちる。

「…………リーシェック、彼女はお腹が空いているんじゃないのか?」

「……………さてはお嬢さん、空腹過ぎて真っ直《ま》ぐ《す》に厨房に向かいましたね」

「………お、お腹が空いておやつを探しに行くのに、リーシェックさんを呼んでいいものか悩んでしまいました。ノインから、お屋敷の中では自由にしていいと言われたので、一人で厨房に行くことにしたんです」

「成る程……」

「ただ、あちらの不審者に遭遇しましたので、リーシェックさんを呼ぼうとしていたところだったのですよ」

「あれ。俺はまだ不審者のままなのか……」

「当然ですよ。来るなら連絡をして下さい。あなたがいるなら、彼女を野放しにはしませんでした」

「のばなし……？」


ディアは、それは果たして乙女に使う表現だろうかと眉を寄せたが、見上げた先のリーシェックは涼しげな顔だ。

低く響いた誰かの笑い声に厨房の奥を見ると、先程の紅茶色の髪の男性が愉快そうに笑っている。よく見ればどこか精悍《せいかん》な美貌のその男性は、ディアの目線に気付くと、悪戯《いたずら》っぽく笑って首を振った。

「いや、すまない。リーシェックがしっかり面倒を見ているのが、なんだか微笑《ほほえ》ましくてな」

「うるさいですよ。さっさと出て行って下さい」

「うーん。威嚇するなぁ。でもまぁ、大事にしているようで何よりだ。ちょっと待っていてくれ、このシチューを貰ったら離れの部屋にでも移動するよ」

「ん？　そのシチューは、あなた用のものではないのでは？」

「そ、そのシチューは、私のものなのでは!?」


ここでディアとリーシェックが同時に声を上げて、紅茶色の髪の男性はなぜかにっこりと微笑んだ。

「すまないな。任務でまたトマト煮込みばかりを食べさせられる羽目になって、……食事の為に立ち寄ったんだ」

「ビスト!!」

「わ、私のシチューが!!」


ビストと呼ばれた男性の動きは、素早かった。さっと両手鍋を持ち上げると、開いていたらしい窓から素早く逃げていってしまう。

厨房には、シチューを盗まれたディアと、そんなディアを抱き上げたまま呻《うめ》き声《ごえ》を上げたリーシェックが取り残される。

「……やられましたね。とは言え、ここでお嬢さんを残して屋敷を出る訳にもいかないので、今のシチューの分、お嬢さんのケーキを分けて下さい」

「おかしいです。なぜ、シチューに続いてケーキまで減るのでしょう……。それと、シチューを見たからには甘いものではなくて塩《しょ》っぱいものが食べたいです……」

「やれやれ。菓子類なら作り置きがあるでしょうが……」

リーシェックはそう呟《つぶや》くと、ディアを抱えたまま厨房に入った。

リーシェックが開いたままの窓の方を見ると、触れてもいないのにぱたんと窓が閉まったので、魔術で何かをしてくれたようだ。

「いつも、ケーキ類はこのあたり、焼き菓子やタルトはこのあたりに隠してあるんですよね」

「……私のおやつを、日常的に盗んでいる犯人です」

「探し物は得意なんですよ。索敵して殺すのが、俺の本来の役割なので。……料理類はここには備蓄してなさそうだな。……何か作りますか？」

「もしかして、……リーシェックさんも、お料理が出来るのですか？」

「少なくともお嬢さんよりはね。どうせなら、あいつが戻ってきた時に盗まれないよう、鶏肉《とりにく》のトマト煮込みにするか……」

断ろうかと思っていたディアは、鶏肉のトマト煮込みと聞いてすっかり心が弱くなってしまい、こくりと頷いた。悪いのはシチューを盗んだ先程の人物なので、リーシェックの料理を食べて叱られたら、犯人を裁いて貰えばいい。

「ただ、私にはまだ食べられないものがあるようなのです」

「知っていますよ。お嬢さんの体に悪さをしない食材を使いましょう。…………幸い、その手の調整は昔色々と調べたので詳しいですからね」

「はい！」


ディアが微笑んで頷くと、リーシェックはなぜか、眩《まぶ》しそうに目を細めた。

窓からの陽光が差し込んだのかなと振り返ったが、既に陽《ひ》は隠れてしまったようだ。

なお、ディアとリーシェックは、帰宅したノインとディルヴィエに叱られることになった。

リーシェックが作ってくれた料理はディアの体調には影響がないものだったが、魔物に餌付けされてしまうといけないので避けた方がいいらしい。

シチューを盗んだのは竜であるらしく、ディアは、竜はそういうことをする生き物なのだなととても評価を下げることとなった。

夏至祭の森と護衛の運用

その日、ノインは一人の魔物を伴って夏至祭の森に向かった。

同行したのは、ここ百年程仕えているシャムシールを司《つかさど》る剣の魔物だ。


たっぷりの牛乳を入れた紅茶色の肌に、透明度の高い水色の瞳と淡い金色の髪をしている。

リーシェックという名前のその魔物は、階位だけでいえば夜の食楽の系譜に現在属している者の中では第二席にあたるのだが、何かと問題を起こすので執務面にはあまり関わらない。

系譜の中では、騎士としての階位を得ている。怜悧《れいり》な美しさは階位に相応《ふさわ》しい容貌ということで、この男を知らずに好意を示す女も多いが、大抵は手に負えずに離れてしまう。

ディルヴィエに言わせると、朗らかに見せかけて手に負えない傷を持つような男は、食楽の系譜の女達《たち》には手に余るのだとか。真夜中の静寂や安寧、或《ある》いは夜の中でも終焉《しゅうえん》の界隈《かいわい》であれば良かったのだろうと話していた。


（そんな事は百も承知で、敢《あ》えて食楽の庭に来たのは本人だ。理解されること自体が煩わしいんだろう）

真夜中の精霊王の舞踏会に揃《そろ》った夜の系譜の王達の中から、ノインを選んだのはリーシェックだ。あの場にいた誰かを殺しに来たような気もするが、身に持つ呪いが気になって目を留めた際にあんまりな食べ合わせなのでと料理を食べさせている内に、気付けば部下になっていた。

「リーシェック」

とは言え、こうして呼び止め、同行を命じると胸に片手を当てて一礼した魔物を、今でも武官ではなく文官だと思う者は多い。

軽薄に見られることも多い独特の人懐っこさと、戦闘などの行為に長《た》けた者には見られない、眼鏡をかけていることがその理由だろう。

「俺をご指名ということは、護衛ですかね」

「まぁ、そのようなものだな」

「少し運動不足でしたので、国や街を殲滅《せんめつ》するのであれば喜んでお供しますけれど？」

「……護衛だ。くれぐれも、訪問先で問題を起こすなよ」

こちらを見て機嫌よく笑う瞳は、表情程には柔和ではない。

食楽の系譜に入るまでは、冷徹で残忍だと名を馳《は》せていた魔物の瞳は、どれだけ表情を変えても、いつだってよく磨かれた剣先のように冷え冷えとしている。

（だからこそ、ディルヴィエはリーシェックをディアの護衛騎士に命じることには、反対しているのだろうが……）


だが、この魔物の現在の主人としての目で見れば、リーシェックで間違いないのだ。

この魔物の気質に何の憂いもないといえば嘘《うそ》になるが、それは、剣の魔物が任務に忠実かどうかとはまた別である。

（ディアのことを気に入りそうだったしな）

なので、任命そのものは先日済ませてあり、今はこちらの準備が整うまでの待機期間としていた。

一つ前の任務が長期のものだったので、次の任務が始まるまでの休暇期間とも言える。


「ふむ。行動を共にするということは、食事も込みの任務だろうな……」

「……毎回思うんだが、俺はお前にそれなりに法外な給金を支払っているんだぞ。都度の食事に困る前に、使い方を考えて生活しろ。無償の忠誠なんぞ受け取ってないからな」

「はは、嫌だな。空腹になるのは代価なので、仕事に見合っただけの食事が必要だとご存じでしょうに」

「三年前に貪食の系譜の城を落とした際に、お前のその代価とやらの配分を観察していたが、充分に足りる筈《はず》だ」

食楽の系譜は、無駄を嫌いはするが、数ある夜の系譜の中でもどちらかといえば豊かな領域だ。必要なだけのものを制限するつもりはないのでそう言えば、リーシェックは、黒い長衣を揺らしてぎくりとしたようにこちらを見た。


「あの頃より、負担が大きくなってきたんですよ……」

「ほお。俺の資質にかかる食の呪いの負荷を、俺が見誤るとでも？」

「……俺の主人は、変なところで神経質過ぎる。今度迎えるお嬢さんにも、きっとそういう部分は受けが悪い筈ですよ……」

「放っておけ。そもそも、お前がいい加減過ぎるんだ。今日の目的地は、夏至祭の森だ。到着までに心を整えておけよ」

夏至祭という言葉を口にした瞬間、リーシェックがふっと瞳を揺らした。

「…………もしかして、夏至祭の森だから俺を選びました？」

「さあ。そうかもしれないな」

何か言うかと思ったが、ただ微笑《ほほえ》んで頷《うなず》いたリーシェックから視線を外し、転移用の門に向かう。

ファーシタルの王宮を出たばかりのディアは、あの国の中に設けた経由地となる屋敷でまだ眠っている筈だ。

勿論《もちろん》、出掛けるのは真夜中なのだから。


「やあ、ノイン。久し振りだね」

冬のファーシタルから食楽の城を経由して夏至祭の森に到着すると、おっとりと微笑んで迎えたのは祝祭の王本人だった。相変わらずあちこちにふらふらと出掛けているらしく、追いかけてきたと思われる侍従の顔色はあまり良くない。

どこか人間達の領域の神官めいたふわりと広がる白い装いは、ここが夏至祭の直轄地である森だからこそ。自身の領地と夏至祭の夜にのみ、夏至祭の王サーレルは白い衣を纏《まと》う。

「それと、僕のお気に入りの剣の魔物が、僕の誘いを無視して、食楽の王に仕えたという噂《うわさ》は本当だったらしい」

「ご無沙汰しております、夏至祭の王。以後、俺には話しかけないで下さい」

「うーん。相変わらず、当たりがきついなぁ……」

サーレルの、ふわりと曲線を描く短い金色の髪は、リーシェックのものよりはふくよかな色合いだ。

鮮やかな青緑の瞳は夏至祭の森そのものの色をしていて、立場上多くの高位者達とも面識のあるノインの目から見ても、際立つ美貌を持つ男である。その美貌なので怜悧な印象にもなりそうだが、いつも穏やかに微笑んでいるサーレルを、初見の者の多くが優しい男だと思うようだ。

勿論そんな筈もないのと、旧知の顧客でもあるので、ノインは、サーレルが悲しげに肩を竦《すく》めてみせても溜《た》め息《いき》を吐《つ》くばかりだった。

金糸の髪と青緑の瞳は太陽を思わせる色彩のくせに、ひと目見ただけで夏至祭の夜を思わせる男だ。首筋半ばまでの短い髪の毛先が、けぶるような暗く鮮やかな光を内包している。

（……同じように微笑むのであれば、リーシェックが面倒臭くて、こいつは腹黒く見えるというところだな……）

何しろ、サーレルは夏至祭の王である。

楽しく賑《にぎ》やかで、けれども悍《おぞ》ましく恐ろしい夏至祭を治める者が、ただの善良な男である筈がない。

より高位の知己もいるが、ノインの見知った者の中でも直接対立したくはない相手だ。

しかしながら、飛び抜けて面倒なのが商会の魔物なので、そちらとの交渉を終えたばかりのノインにとっては、せいぜいが、次なる面倒な調整と言ったところか。

（……だが、ディアをこちらの領域に引き取る前に、サーレルを黙らせておく必要がある）

本日の訪問の理由は、次の夏至祭の宴《うたげ》の料理の発注についてとしてあるが、それもあって、この段階でリーシェックを伴っての訪問としたのだ。

ちらりと隣に立っているリーシェックの表情を窺《うかが》えば、剣の魔物はどこかじっとりとした目でこちらを見ていた。一刻も早く帰りたいという顔をしているが、夏至祭の王とは何か因縁があると知った上で同行させたので、諦めて貰《もら》うより他にない。

目的地を予《あらかじ》め告げてある以上、本人も納得の上だろう。


「今日は、夏至祭の注文の打ち合わせだってね」

「ああ。幾つか注文書に不備がある」

「おや。それは困った。次の夏至祭は少し特別だから、懸念点は潰しておこう」

サーレルに案内されたのは、水晶天井から見える森の天蓋も鮮やかな会議用の広間だった。

夏至祭の森という名称ではあるが、王であるサーレルはその中に見事な水晶の城を構えている。

外部の者を入れる空間は、人間達の好む温室のように硝子《ガラス》張りの壁や天井を多く用い、この部屋のように森そのものの彩りを装飾として活かしている事が多い。

木漏れ日の魔術石が連なるシャンデリアが細やかな光をテーブルに落とし、夏至の乙女達が飲み物を運んでくる。

普段であれば、椅子を勧められずとも勝手に座って茶菓子まで要求するようなリーシェックが、今日ばかりは珍しくノインの椅子の斜め後ろに立った。護衛騎士としては当然の位置取りだが、リーシェックの振舞いとしては珍しい。

（……やれやれ。サーレルとの関係はそこまで拗《こじ》れているのか）

これはサーレルとの間に相当の確執があるようだが、何分、リーシェック自身も扱い易《やす》い男ではない。

特別な理由などなく、ただ単に、どちらかの勘に障っているだけという可能性もある。

「……それで、君は僕にどんな要求をするつもりなんだい？」

出された紅茶を飲んでいると、にっこりと微笑んだサーレルがそう切り出した。こちらは仕事の話からするつもりだったが、個人的な興味を優先するあたりが夏至祭らしい。

「ファーシタルの人間を、食楽の系譜で引き取ることになった。商会や死の精霊には話を付けてあるが、お前の領域にかかる人間でもあるからな。興味本位に手を出すなよ」

「成る程。僕の性格だとちょっかいを出すと思って、事前に釘《くぎ》を刺しに来た訳か。さては、君のお気に入りかな？」

「……こちらへの転属が終わり次第、伴侶にする予定だ」

「え。……ファーシタルの人間をかい？」

「既に精霊の料理を与え始めている。こちらの系譜の管理下に保護したばかりだ」


テーブルの向こうでは、サーレルが目を丸くしていた。本気で驚いているようだが、どこまでが本気なのかは怪しいところだろう。


ファーシタルでの一件は、箝口令《かんこうれい》が敷かれている訳ではない。

時間の座の最高位である真夜中の精霊に関わる問題は、どちらかと言えば多くの者達の興味を引く話題だ。この男がそれを知らないとは思えない。


（表立って敵対したことはないが、……ファーシタルだからな）

夏至祭は、無垢《むく》な者が好きだが、同時に罪人も好きだ。

とりわけ無垢で愚かな人間を好むので、ファーシタルの人間の犯した罪は、かつてのサーレルを大いに喜ばせたと聞いている。

これ迄《まで》訪れがなかったのは、あの土地が真夜中の精霊の王の一人が管理する土地であり、死の精霊の獲物だったからこそ食指を伸ばさずにいたに過ぎない。そうでなければ、このサーレルのような面倒な男が、ファーシタル程の素材で遊ばない筈がないではないか。

（加えて、今回の一件で商会の魔物の管理下にも入ったからな。今後も手出しはしないと思うが……）

「君が心配するってことは、その子は身寄りがないのかな？」

「ああ。だが、夜明かりの妖精を後見人に付けてある。お前の好きな天涯孤独の子供じゃなくなったからな」

「寄る辺ない子供を好む者は多いからね。早々に手を打ったってことか。残念だな。僕の祝福を授かれる条件を揃えているんだから、こちらで引き取ってあげても良かったのに」

「……サーレル。手を出すなと言った筈だが？」

案の定、話題に上げたことでまずは興味を持たれたようだ。

ここ迄は想定内なので、ここから、何某《なにがし》かの言質を取り付けるという段階に入らねばならない。すぐさま牽制《けんせい》すれば、こちらを見た夏至祭の王は鮮やかな色の瞳を細めて微笑んだ。優しげな微笑みだが、たいそう邪悪に見えるのもいつものこと。

「正直な所、君は食楽だからね。多くの者達にとって失い得ない祝福を持つ代わりに、特別に悍ましい災厄にはなり得ない。……でもまぁ、その代わりに真夜中という時間の座が恐ろしいかな。夜そのものを統べる真夜中の精霊には、僕とて頭が上がらない」

「だろうな。お前が祝祭でなければ、せいぜいその程度の脅威だろう。だが、お前は王だからな」

そう言えば、サーレルはまたにっこりと微笑んだ。見る者によってはこの微笑みを無害なものだと感じるだろうが、この男の気質を知っている者が見ればそうは思うまい。

夏至祭は、華やかで賑やかで、そら恐ろしく享楽的な祝祭だ。

乙女達が花輪を飾る儀式などもあるので、人ならざる者達との接触を持たない人間の領域では、初々しく瑞々《みずみず》しい印象を持つ者も多いそうだが、こちらの領域ではそうもいかない。

夏至祭の系譜の者達は、陽気で朗らかだが、その反面、ぞっとする程に美しく残忍でもある。親しみやすい微笑みで獲物を手招きして、祝祭の夜に引き摺《ず》り込んでしまう事も少なくない。

（祝祭の系譜の中では、夏至祭が最も扱い難い……）

だが、サーレルは王なのだ。

賑やかな宴や、華やかな祝祭を好む夏至祭の系譜の生き物達にとって、祝祭が最も力を強める夜の食楽というものの存在は大きい。

「まぁね。僕の系譜の者達は、僕が君と仲違《なかたが》いをしたと知ったら、大騒ぎするだろう。泣いたり暴れたり、そういう感じになる系譜だからね」

「だったら、面白そうだからという雑な理由で、俺の領域の者には手を出すなよ」

「はいはい。そうしておくよ。君はきっと、この忠告をする為《ため》にわざわざ僕の森に来たのだろうし」

「系譜の者達にも言っておけよ。何かあったら、次の夏至祭の宴の料理の味は保証出来ないぞ」

「……精霊は陰湿だなぁ。祝祭はきちんともてなさないと災いになるから、やめて欲しいんだけど」

そう言って溜め息を吐いてはいたが、サーレルは念の為に伝えておくよと呟《つぶや》いた。サーレルは、享楽的な振る舞いや残忍さをも持つ王だが、愚かな男ではない。問題が起こった際に被る被害を考え、ディアへの興味は取り下げたようだ。

（やはり、この段階で夏至祭の森に来ておいて良かったな。……厳密に誓約の魔術を結ぶのは難しいが、この程度の口約束は取り付けておく必要がある）

夏至祭の王には、寄る辺ない者達を守護する役割があるのも良く知られたことだ。

保護というよりは拐《かどわ》かすようなものだが、居場所を持たない者達にとってはその経緯などどうでもいいのだろう。そのような時も引き続き無垢なものを好むので、こちらの界隈の知識が浅いディアなどは、本来であれば恰好《かっこう》の標的だった筈だ。

多くの場合は小さな子供などが対象になる条件をあの年齢で揃えてしまう稀有《けう》さが、どれだけ身を危うくするかは言うまでもない。とは言え目的であった言質は取ったと一息吐いていると、テーブルに頬杖《ほおづえ》を突いたサーレルが、リーシェックの顔を覗《のぞ》き込んでいた。

「そう言えば、君はまだ、その呪いを解かないのかい？」

「どうでしょうねぇ。呪われるというのも、なかなか珍しい体験なので。それと話しかけないでいただけますか？」

「何かを悼《いた》むのであれば、もう少しいい形があると思うけれど？」

「はは。俺はあなたが大嫌いなので、訳知り顔で批評されるのはうんざりなんですが」

「おや、これは困った。ノイン、僕はどうやらリーシェックに嫌われたようだ。これでも昔馴染《むかしなじ》みなんだけれどな」

「まず間違いなく、お前の絡み方のせいだろうな。……本題に入るが、このいい加減な注文は何だ？」


リーシェックと揉《も》められても時間の無駄なので本題に入れば、サーレルはテーブルの上に置かれた書類を取り上げ、くすりと笑った。

「どれどれ。……ああ、楽しい気持ちになれる、見た目が綺麗《きれい》な凄《すご》く美味《おい》しいもの。こういう注文をするのは、妖精達かな。いいじゃないか、宜《よろ》しく頼むよ」

「ほお。全て予算が未記入だが、いいんだな？」

「……それは、ちょっとまずい。真夜中の系譜には、高価過ぎる食材があるだろう？」

「それなら、もう少し具体的な注文に直してこい。そこを手直しするなら、一度受理済みの注文書だが、予算の調整も受け入れてやる」

「ほら、こういう男なんだ。ノインなんかやめて、僕の剣になれば良かったのに」

「仕事中なので、話しかけないでいただけますか？」

リーシェックとサーレルが互いに微笑んでいるので、傍目《はため》から見ているとより冷え冷えとした応酬に見える。

とは言え、このままサーレルに構わせておくと余計なことを言いかねないので、そろそろ黙らせる頃合いだろう。

「その注文書だけ、後から送り直せ。それと、夏至祭の夜には、森と庭園を開けておけよ」

「夏至祭の夜の宴に相応しい料理の支払いの分だけはね。ああそれと、君が求婚する子の条件を聞く限り、割と面倒な連中はみんな興味を持ちそうだよ。夏至祭で僕に紹介して貰うまでに、誰かに取られてなくさないようにね」

「余計なお世話だ。それと、あいつを夏至祭の宴に連れて行くつもりはない」

「それはどうだろう。夏至祭近くの季節は、僕の領地に連れて来ておいた方がまだ安全だと思うよ。夏至祭が近くなると、あちこちで古い魔術の約定や封印が緩み始めるだろう？　羽目を外すのは、なにも夏至祭の系譜の者達ばかりじゃないからね。……そうだよね、リーシェック？」

「夏至祭の王は、どちらかの腕がいらないらしい」

リーシェックが剣を抜く前に、怖いなぁと笑ったサーレルが姿を消してしまったので、ノインは額に片手を当てて深い溜め息を吐いた。夏至祭の王は、どうやら最後の最後に余計な一言を残していったようだ。

「……あいつとの関係は知らんが、祝祭に影響が出るような削り方はするなよ」

「黙らせるのは吝《やぶさ》かではありませんが、わざわざ追いかけはしませんよ。面白がらせるだけですからね」

「念の為に訊《き》いておくが、何かが拗れた際に、俺が介入する必要はあるのか？」

そう訊けば、なぜかリーシェックは目を瞠《みは》ってこちらを見るではないか。いつも飄々《ひょうひょう》としているこの魔物が、こんな風に驚くのは珍しい。


「……まさか、俺があれから不利益を被るようであれば、手を貸していただけるんですか？」

「あのなぁ、俺はお前の主人だぞ？……ただし、手を貸すのは、お前が回避しようがない場合のみだ。祝祭によっては難しい相手もいるが、夏至祭であれば、最も王としての権能を高めるのは真夜中になる。実際には、あいつが思う程、俺一人の手ではどうにもならないという訳じゃない」

「あなたが、そういう申し出をするのはちょっと意外でしたね」

「だろうな。だが、今はお前の戦力を欠くのは惜しい」

「あ。さては、お嬢さんの為ですね……」

「寧《むし》ろ、他にどんな理由があるんだよ」

「そりゃ、俺の主人として、忠義に厚い部下を守る為とか、色々あるのでは？」

「残念だが、そこで切り出せる筈だった分は、お前がこの前の視察から持ち帰ってきた精算で空になったようだが？」

「……あの土地は、珍しい料理が多かったんですよ。そもそも、その為の視察でしょう」

視線を彷徨《さまよ》わせたリーシェックに呆《あき》れつつ、ちゃりりと鳴ったリーシェックの眼鏡にかけた鎖に目を留めた。


（剣の魔物だ……）


主人を持ちそれに仕えるという嗜好《しこう》は魔物の中でも特異な資質だが、戦いなどに身を投じることの多いものを司る魔物が、目が悪いということは本来考えられない。であればあの眼鏡にも、何かの理由があるのだろう。

とは言え、それがこちらに不利益を齎《もたら》す要素でさえなければ、ノインにとってはどうでもいいことだ。

仕事に支障がなければ何の問題もない。無言で先程の問いかけの答えを待っていると、気付いたリーシェックがふっと微笑み、胸に片手を当てて深々と一礼した。

わざとらしい仕草だが、司るものに付随する要素としていつも男の所作は美しい。

「俺は剣の魔中でも古参の方なので、直接削ぎ落としにかかれば、夏至祭の王程度なら抑えられますよ。……ただ、あの系譜は搦《から》め手が得意ですからね。こう見えて俺はとても繊細なので、そちらの要素から切り崩しにかかられると、後れを取ることもあるかもしれませんね」

「……やけに素直に答えたな」

「どうせ、あのお嬢さんの為に必要な確認でしょう。であれば、懸念点も伝えるのが当然では？」

「その場合、切り崩されかねない懸念点がどこにあるのかも尋ねることになるが、いいのか？」


そう問いかけると、リーシェックは薄く微笑んだ。


「あ、それは嫌です」

「……おい」

「その代わり、あのお嬢さんには、いざという時は、どれだけ不利な状況でも絶対に躊躇《ためら》わずに俺を呼ぶようにと伝えておいて下さい。俺は剣なので、殆《ほとん》どの状況ではその場にいさえすればどうにか出来ますが、……使うのを躊躇われるとそうもいきませんからね」

そう言うからには、そのようなことから仕損じた何かがあったのだろう。

微笑んだリーシェックの瞳に過《よ》ぎった感情から僅かに何かを窺い知れたような気がしたが、掘り下げるのは面倒なのでただ頷くに留《とど》めた。

とは言え、その後、正式にディアの護衛に付けたリーシェックが妙にディアを構う様子を見ていると、剣の魔物がいつでも引き剝がせる筈の呪いを背負い続けている理由は、何となく察せられた。恐らくこの部下は、似たようなものをどこかで喪《うしな》った事があるのだろう。そしてノインは、それを見越した上でリーシェックをディアの護衛騎士にしたのだった。

（それくらいの執着と守護が、……いつかどこかで必要になる。それが、これからディアが生きていく場所だ）

復讐《ふくしゅう》を終えてファーシタルを離れてこちらの庇護《ひご》下に入れば、全てが安泰ということはない。それどころか、ディアがこの先向かうのは、魔術をろくに動かせもしないような人間の命を容易《たやす》く奪いかねない場所だ。

その身を守る為の手立ては、どれだけ周到でも過剰とは言えない。

「という事だ。何かがあった場合は、遠慮なくリーシェックを盾にしろ」

「はい。ではそうしますね。よく分かりませんが、きっと人間よりは遥《はる》かに丈夫な筈ですし、魔術的に凄い何かもある筈なので、すぐさまリーシェックさんを呼びます」

後日、ディアに有事の際の注意喚起をすると、思いがけない程あっさりと了承された。

同席していたディルヴィエによると、慣れない魔術の叡智《えいち》に圧倒されているので疑問なく受け入れられたか、先日、リーシェックに楽しみにしていたタルトを盗まれたからのどちらかが理由だろうとのことだった。

「……念の為に訊くが、俺も呼べるんだろうな？」

「ノインをですか？……ええ。いざという時には呼べると思います」

「ディルヴィエはどうだ？」

「あまり危ない場所にはちょっと……。その場合は、リーシェックさんかノインを呼びますね」

「……おい」

「そのような目で見られても、私のせいではありませんよ。……ディア様、私もある程度は丈夫ですので、有事の際にはきちんと頼って下さい」

ディルヴィエに対する認識には腑《ふ》に落ちない部分もあったが、数日後に、栗鼠《りす》妖精を見ようとして庭の外に出てしまったディアが沼地の精霊に遭遇した際には、何も躊躇わずにリーシェックを身代わりに沼に落としてきたのでそちらの運用は問題なさそうだ。

泥だらけになったリーシェックは泣きながら浴室に籠っていたが、そちらも咄嗟《とっさ》の判断でディアを守る為に前に出られるのであれば、やはり相性としては問題ないのだろう。

「そうか。問題は、俺が作る料理が必要以上に増えることだけか……」

「やれやれ、またリーシェックにディア様用の料理を盗まれましたか」

「ディアには……」

知らせるなと言おうとしたが手遅れだったようだ。

どうやらディルヴィエと一緒に厨房《ちゆうぼう》に来ていたらしいディアが、戸口でわなわなと震えている。

暗い目で、また沼地の精霊が現れたら容赦なく盾にすると呟いているので、こうなればもう、宥《なだ》めずに放っておいてもいいのかもしれない。

「良かった。良かった。お嬢さんは今日も元気ですね」

「ま、また私のケーキを盗りましたね！　ノインが、おやつに用意しておいてくれた物なのですよ!!」

その翌日も似たような騒ぎが聞こえてきたので、どうやらこれは、リーシェックなりにディアを気に入っているということなのだろう。

まるで息をして動いていることを確かめるような、切実さを隠した構い方に面倒臭さを覚えつつ、ノインは深い深い溜め息を吐いた。

「……という事は、俺またケーキを作り直すんだな」

「でしょうね。あの男の隠された料理を探し出す能力は、呆れるばかりのものですからそろそろ諦めては？」

「くそ、あのケーキはかなり手間がかかっていたんだぞ……」

「それは、残念でしたね」

そしてやはり、皺寄《しわよ》せはこちらにくるようだ。

✦✦✦ 賑やかな会議と失われた魔術の話

冬が緩み始めると、季節の盤上や祝祭の運行、時間の座に連なる人ならざる者達《たち》の権力分布にも変化が現れる。

特別な日や条件で階位を上げる者達はそれによって得る恩恵も大きいが、同時に、相性が悪い条件が整い大きく力を欠く時期もある。そして、時間という座を司《つかさど》る真夜中の精霊は、変化を有する側であった。

「リカル、リベルフィリアから冬至にかけての報告はもういいのだな？」

「ああ、こちらは以上だ。年明けの報告については、まだ全ての情報を取りまとめきれていないけれど、それは他の時間の座でも同じだろう」

新月のこの日、大きなドーム状の天井いっぱいに精緻な天井画が描かれた議事堂の中には、多くの人ならざる者達が集まっていた。

本日この場所に集まったのは、時間や季節に応じて変化を有するが故に、同じ領域の者達との調整や協議を必要とする者達ばかり。一年に一度開かれる会議の場には、時間を治める精霊と季節の代表者に加え、祝祭の王達も集まっていた。

本来であれば、真夜中の精霊からはノインが出席するべき会議だったが、今年は少しばかり込み入った事情があり、リカルが参加している。

声をかけてくれた黄昏《たそがれ》の精霊に頷《うなず》きかけると、それではと進行役の精霊が声を上げた。

「であれば、そろそろ今年一番の議題に入る頃合いだろう」

今年の会議の進行を任されているのは、冬の代表者だ。季節を代表する者達は、それぞれの季節から参加者を持ち回りで決める。今年の冬の代表者は雪の精霊で、場を取りまとめるのが上手《うま》く、会議の進行などには長《た》けている人物だ。

なお、秋は豊穣《ほうじょう》の魔物、夏は海の妖精で春は春風の竜が参加しているが、開始から居眠りばかりしている春風の竜のように、中には会議での発言に向かない者もいる。

それでも参加することに意義を持たせるのは、このような会議が魔術の理《ことわり》に応じて開かれるものだからだろう。

「うん。やっと僕の話になりそうだね。なにしろ二十年に一度の白夜の夏至祭だ」

進行を受けてにっこりと微笑《ほほえ》んだのは、夏至祭の王のサーレルだ。本日は漆黒の盛装姿で、儀礼用の聖衣に似たその装いは、僅かに不穏さを感じさせる夏至祭の王の美貌に良く似合う。

サーレルが円卓についた者達を見回すと、季節の巡行の通りなら次に話をする筈《はず》だった春の祝祭がおろおろしていたが、秋の祝祭達に夏至祭の後にしようと慰められていた。

そんな様子を見守りながら、リカルはこの先に続くであろう議題を思い、小さく息を吐く。

（……夜の系譜が力を削《そ》がれる時期というのは幾つかあるが、その中でも一番に厄介なのは、夜隠しの国が夏至祭を迎え入れる年の祝祭期間だろう）


そして今年は、その二十年に一度の白夜の夏至祭がやって来る。


恐らく、この場にいる誰もが、白夜の夏至祭についての議論こそが一番重要であると承知しているだろう。

今年はただでさえ大きな災厄を齎《もたら》しがちな夏至祭が、よりにもよって祝祭の起源の地である夜隠しの国に滞在し、最も力を強める年なのだ。二十年に一度で済むことには感謝するしかないのだが、それでも頭の痛い問題として周知されているのは、夜隠しの国が対外的に多くの問題を抱えているからだろう。白夜の魔物が王として治め、美しく豊かな土地ではあるが、秘密の多いかの国には何かと不穏な噂《うわさ》がついて回る。

また、古い時代の魔術が残る土地の危うさもさることながら、夜隠しの国という国名を聞くまでもなく、白夜の魔物は真夜中の精霊にとって最も相性の悪い相手であった。そんなこともあり、真夜中の精霊達は、白夜の夏至祭になると深く暗い夜の最奥に留《とど》まるのが常なのだが、ノインと彼が庇護《ひご》した少女はそうもいかないだろう。

何しろあの少女は、長年咎人《とがびと》の国であるファーシタルに暮らしていたせいで魔術の所有値が未《いま》だに低い。どれだけ準備を急いだとしても、夜の魔術の最奥に留まれるような状態になるまでにはこれから数年はかかる筈だ。

（……だからきっと、ノインもその日をどうやり過ごすかを考え始めているのだろう。サーレルにわざわざ会いに行ったのも、せめて、交流のある夏至祭の王だけは牽制《けんせい》しておかなければならなかったからだ）

サーレルもかなり扱い難い人物だが、食楽との関係を蔑《ないがし》ろにすることが出来ないという足枷《あしかせ》がある。

そんなサーレルは、こちらの懸念を知ってか知らずか、こちらを見て微笑みを深めた。

「今年の夏至祭は、僕の故郷の夜隠しの国で宴《うたげ》を開くからさ、何かとびきりのお楽しみを探そうと思うんだよね。何か、いい余興になりそうな話題はないかい？」

「こちらを見て問われるのならば、それは何かを示唆してのことだろうか？　夜の系譜から勝手にケーキを持ち去るような真似《まね》をするのなら、今後、真夜中の精霊が管理する資質からの恩恵は得られないと思った方がいい」

案の定、早々に夏至祭の王に絡まれたリカルがそう言えば、サーレルは肩を竦《すく》めて微笑んだ。リカルが先んじて手を打ったことで顔を顰《しか》めてこちらをちらりと見たのは、これからの季節で階位を上げる黎明《れいめい》の精霊である。

「残念だけれど、私達はこれからの春の祝祭に向けての準備で忙しいの。遊び相手が欲しいなら、お気に入りの夜の系譜か、獲物の多い秋の系譜から貰《もら》ってはどうかしら」

「さりげなく夜の座を巻き込むのはやめて欲しいな」

「あなた達は、夏至祭と仲良しじゃない」

「どうだろう。夏至祭としては、関係のいい真夜中の精霊達を不愉快にするのは避けたいかな。大切な宴の彩りも、その為《ため》のご馳走《ちそう》もみんな夜の系譜からの提供だ。……そう言えば、黎明の系譜が僕達に何かをしてくれたことって一度でもあったっけ？」

どこか皮肉交じりに問いかけたサーレルに、黎明の誠実を治める精霊がむっとしたように眉を寄せている。

黎明の精霊は柔らかな金糸の髪に琥珀色《こはくいろ》の瞳の少女の姿だが、老成した眼差《まなざ》しや成熟した女性らしい色香も併せ持つので、この精霊の祝福や庇護を好む人間は多い。

リカルが親しくしている人間の聖職者によると、彼女達の佇《たたず》まいは、人間が考える聖なるものにとても合致し易《やす》いのだそうだ。

それは、かつてファーシタルという国に閉じ込められた亡国の魔術師の一族も例外ではなかった。彼等《かれら》が別れを強いられたのは、豊かな魔術の恩恵を受ける暮らしばかりではなかったのだ。

（人間は物好きだな……）

それが、リカルの率直な感想だ。ファーシタルという国に閉じ込められた人間達らしい浅慮さには、苦笑するしかない。

黎明の精霊は美しい乙女の姿をしているが、黎明の規律に反するものを許さないような苛烈さを持つ。何しろ、美しく優美な夜闇を力ずくで払おうとするような、自我の強い乙女達だ。そのくせ、自分達の行いの全ては清く正しいと信じて疑わない。

かつては夜明けに咲く花々や朝露の煌《きら》めく森を愛していた夏至祭の系譜の者達を、享楽を好む罪人として夜に追いやったのも彼女達で、サーレルとは未だに仲が悪かった。

案の定、冷え冷えとした応酬を始めたサーレルと黎明を一瞥《いちべつ》し、リカルは隣に座った友人の方を見る。

「正午の君はどうだい？」

「困りましたね。夏至祭の王に提供出来るような楽しいものが、正午の座にあるかどうか。祝祭の王のご所望なのですから、季節の盤上から提供して貰うのが本来の形なのでは？」

おっとりと微笑んだのは正午の精霊の一人。

今代の正午の精霊王のすぐ下の妹にあたる、正午の中でも冷静を治める女性だ。

サーレルの問いかけを参加者達が聞き流さないのは、祝祭が供物を必要とするものだからだろう。祝祭の王が何か余興をと言えば、それは少なからず誰かのテーブルから持ち去られることになる。

「確かに、供物を提供するというのであれば時間の座の役割ではないだろう」

「ええ。豊かさや実りに差こそあれ、季節の盤上では様々なものが得られますから」

さり気ない所作一つとっても、優雅さの何たるかをよく知っている正午の精霊は、柔らかな栗色《くりいろ》の髪によく似合う、青緑色のドレス姿である。

リカルはずっと昔にこの友人に恋をしていたことがあるが、残念ながら彼女には仲のいい婚約者がいてさっさと結婚してしまった。とは言え、幸いにも今は良い友人になっているので、時折仲睦《むつ》まじくしている姿を見る夫君に対し、何かを投げつけたくなるくらいだ。

そう思いはするが、彼女に相応《ふさわ》しい相手であることはしっかり理解している。

「ところで、……ノイン様が、かの咎人の国から伴侶となられる方を保護されたとか」

「そちらにまで噂が届いたとなると、お得意様には口の軽い商会あたりかな」

「ふふ。かもしれませんね。……リカル。夜の系譜の守りは固いでしょうが、黎明には気を付けた方がいいでしょう。もう随分と昔のことですが、ジラスフィの慧眼《けいがん》のせいで、真夜中の精霊にお気に入りの魔術師達を取られたと、随分とむくれていたのを覚えていますか？」

「確かにあの国の人間達には、黎明の精霊の加護を持つ者が多かった。発端となったのが死の精霊でなければ、こちらにも火の粉が飛んできたかもしれないね」

死の精霊に追われたファーシタルの民が逃げ延びることが出来たのは、一族を、親しんできた黎明の精霊の土地ではなく、それまで何の繋《つな》がりもなかった真夜中の精霊の土地へ逃がしたジラスフィの一族の策があってこそだと言われている。

だが、その結果彼等が生き延びたのだとしても、お気に入りの人間達から救いを求められなかった黎明の精霊達はその出来事を快く思っていなかった。

（その選択の結果死ぬのだとしても、最後まで誠実であるべきだと考えるのが、黎明の嗜好《しこう》だからな）

とは言え、これまではそんなことはどうでも良かったのだが、ノインが選んだのがジラスフィの末裔《まつえい》だとなればそうも言っていられない。

死の精霊のツエヌを見ても分かるように、精霊はとても執念深い生き物なのだ。


「……それにハディアは、ノイン様のことがお気に入りだったでしょう？」

「だから今回の会議は、弟の代わりに来たんだ……」

それが、今回リカルが会議に出席しなければならなかった事情であった。

ただでさえ、こちら側の者との約定を違《たが》えた人間の評判は、散々たるものだ。

ファーシタルと言えば、死の精霊に呪われた咎人の地だという認識が強く残る中で、弟のノインが選んだのは、黎明の精霊達の大嫌いなジラスフィの一族の娘である。

本来は罪を犯していなかったジラスフィの一族とは言え、共に責任を負いファーシタルに残った以上は同じ咎人の国の民であるし、ただ、ファーシタルという履歴だけを拾い、そこまでは考慮しない者が殆《ほとん》どだろう。

おまけに黎明の誠実を治めるハディアは、夜の食楽の王を伴侶にと考えていたらしい。

リカルの弟は、本人がどのような認識であれ、女達にとってはこの上ない伴侶候補であった。数ある系譜の中でも最も豊かな王の一人であり、多くの生き物にとって無視し難い要素を治める弟は、その階位故に飛び抜けて美しい精霊の一人でもある。

（加えてあの面倒見の良さだ。だからこそ、社交の場では女性の扱いも上手かったからな……）

この先に起こりそうな騒ぎを思って溜《た》め息《いき》を吐《つ》いたリカルに、友人は気の毒そうに眉を下げた。

いくら弟だからといってもここまで面倒を見てやる必要はないのだが、如何《いかん》せんあのディアラーシュという少女は、まだあまりにも脆弱《ぜいじやく》過ぎる。

（復讐《ふくしゆう》の為に刃を研いだ苛烈さは、弟を捕らえるには充分だっただろう）

もしかしたらその様は、他の誰かでも魅了するに値したかもしれない。

だが、これからはどうだろう。

自分の命を代価にするつもりだった者は、その手の中にどれだけの力を残していることか。安堵《あんど》してから先を見据えれば、生き続けるということは、存外に忍耐を強いられるものである。あの少女はまだ、ファーシタルという国を生きて出ただけ。

酷な言い方をすれば、どれだけの思いでそこに辿《たど》り着いたのだとしても、まだそれだけなのだ。

恋を知り、庇護者を得たとて、それだけで誰もが幸福な結末を得るというものでもない。


（……こちら側には、良く知られたことだが、人間を相手に選んだ者の恋は、成就しないことの方が多い）


人ならざる者との婚姻は、魔術の儀式だ。

それが叶《かな》うかどうかさえ、あの少女が無事に魔術の負荷に耐えられる状態になれるかにかかっている。勿論《もちろん》、ノインはどうなっても彼女を手放しはしないだろうが、足元が危うくなれば脅かしに来る者は少なくないだろう。

「加えて今年は、夜隠しの国の夏至祭がありますから、あなた方は、少しでも不利益のないように立ち回っておいた方がいいでしょう」

「……まったくだ。ただでさえ、白夜という頭の痛い問題があるのに、この上、黎明の私怨で面倒が持ち上がらなければいいんだが」

「ええ。本当にこのまま、無事に終わればいいのですけれど」

思わず二人でサーレルにやり込められている黎明の方を見てしまい、なぜか巻き込まれて項垂《うなだ》れている春の祝祭の王の様子に顔を見合わせた。

「あらあら、春の祝祭の王がまた巻き込まれているわ」

「相変わらず要領が悪いんだな。隣に座っていた秋の代表は、さっさと飲み物を取りに行ってしまったのに」

「秋の盤上を治める方々は、日頃から、忙しい秋の祝祭の王達との交渉が多いので要領がいいのでしょう」

「もう少しすると、雪の精霊が黙らせてくれるだろうからそれまで我慢して貰うしかない。それに、このまま彼が巻き込まれていてくれた方が、こちらに火の粉が飛んでこないかもしれないね」

下手に口を挟むと面倒なことになるので、リカルは、別のテーブルに用意されている飲み物を手に戻ってきた秋の代表者と収穫祭の王を交えて話をすることにした。

話題はやはり白夜の夏至祭であったのは、夏に続く季節として、夏至祭でどれだけの被害が出るのかを彼等も懸念しているからに違いなかった。

(ノインがあの剣の魔物をディアの護衛騎士に命じたのも、彼であれば、夏至祭という祝祭を正しく警戒することが出来るからという理由もあるのだろう)

正直なところ、あの少女がまだ脆弱なファーシタルの人間の要素を残している内に、白夜の夏至祭がやって来るというのは運が悪いとしか言いようがないとリカルは考えている。

互いに信頼は育てているようだが、リカルの目から見ればまだしっかりとした愛情で結ばれているとは言い難い段階であるのも不安材料だ。

とは言え、そのようなものを早急に取り付けようとすると、得てして異種族間の愛情は壊れやすい。リカルは、初めて出会った時にこちらを見て、何て綺麗《きれい》な毛並みなのだろうと目を輝かせた人間の子供をとても評価していた。

（僕は、ノインが伴侶にと望んでいるからというだけではなく、あの子供を結構気に入っているのだけれどなぁ。……無事にこれから訪れるだろう様々な困難を乗り越えてくれるだろうか）

夏至祭の王は、世界中の様々な国を巡りながら、毎年違う国で夏至祭の宴を開くことでも有名だ。

そして、二十年に一度、祝祭の起源である夜隠しの国に戻る。

それは、夏至祭が力を強めることで白夜が世界中に広がり、真夜中の精霊が最も力を落とす年。

その祝祭期間ばかりは、夏至祭の祝福を借りて真夜中の精霊の力を凌《しの》ぐようになる白夜の魔物は、古くから真夜中の精霊との折り合いが悪い。

（特に、食楽を治めるお陰で白夜の中でも比較的動けていたノインは、結果的に白夜の魔物との接触が増え、関係もあまりいいとは言えないのが問題なんだ。……しかも、懸念があるのはそこばかりじゃない。そもそも夏至祭が力を強めるからこそ起こること。つまりは、階位を上げた夏至祭そのものの影響も世界各地に大きく現れる年になるだろう）

弟は白夜の魔物との相性が悪く、白夜の中では、夜の系譜の者達は大きく力を削がれてしまう。片やあの少女は、無垢《むく》で弱い生き物を好む夏至祭の生き物達にとってこの上ない獲物になる。

どちらに転んでも危うい上に、ディアにかかる負担を思えば避難すらも容易ではない。

「おまけに、咎人の国の人間を召し上げようとしているとなれば、食楽の王の伴侶の座を狙っていた女達の中には、面白くない者も少なからずいるだろうね。ノインが力を落とし、相手の人間にとっては最も危険な夏至祭の祝祭期間は、絶好の機会とも言えるだろう」

「わざわざ言われなくても、弟も対策はすると思うよ」

「だからさ、その間は僕の近くにいるのが、一番安心だと思うんだよね。彼にもそう伝えたのだけれど」

「……普通に考えれば、そこには白夜の魔物もいるのでは？」

会議が終わってから声をかけてきたサーレルは、よりにもよって弟達を夜隠しの国へ招待したらしい。

一部の問題に於《お》いては理にかなった提案だが、その利点は白夜の魔物の存在で台無しになる。

「彼なら、夏至祭の当日までは国外に出ていることが多い。全ての土地に白い夜が訪れる祝祭期間は、二十年に一度の、有利な状況で広く動ける貴重な機会だ。それを無駄にするような男じゃない。

せめて、白夜の魔物が国外に出ている間だけでも、僕の近くにいた方が安全だと思うのだけれどなぁ」

「どうして君が、そんなに心を砕いてくれるのかな」

「それはもう、うっかり夏至祭の系譜の生き物が、ノインのお気に入りの人間に何かをしたら、責任を取らされるのが僕になりそうだからだよ。おまけに、またリーシェックに恨まれるのも出来れば避けたい」

「……ああ。それは確かにそうなるだろうな」

「そうだろう？　これでも、それなりに考えた上での提案なのだけれど」

だが、困ったように笑いながらも、サーレルは楽しそうに目を煌めかせている。

たとえどんな凄惨な顛末《てんまつ》になるのだとしても、退屈よりは事件を好むのが夏至祭の王なのだ。

「……そう言えば、ジラスフィの一族がどんな魔術を使っていたのか、君は知っているかい？」

ふと、サーレルにそんな質問をされ、リカルは目を瞬《しばた》いた。

「いや。ノインは知っているのではないかな」

「どうも知らないようなんだよね。……まぁ、もう血が薄まってしまっているから、一族の固有魔術なんて受け継いでいないだろうけれど、……ずっと昔の約束もね」

最後は何かを小さく呟《つぶや》き、サーレルはにっこりと微笑むと長い衣の裾を翻してふわりと夜闇に消えた。

いつの間にかシャンデリアの明かりを落とした議事堂の中は暗闇に包まれており、会議の片付けをしている妖精達の手には燭台《しょくだい》があった。

「いつの間にかすっかり夜になっていたようだ。まぁ、その方が帰り道を開きやすいけれど」

そう呟き、リカルはぽふんと音を立てて本来の姿に戻った。

視界は各段に悪くなるが、やはりこの姿の方がずっと落ち着くなと思いながら、夜の魔術を開いて扉を立ち上げる。

（そう言えばなぜ、サーレルはジラスフィの一族の過去などを気にしていたのだろう？）

ふと、夏至祭の王の最後の質問が気になったが、それは帰ってから弟に手紙を出せばいいだろう。

思えばファーシタルの人間達が暮らしていた大きな国は、世界中から魔術師達の集まる豊かな国であった。

ファーシタルの起源となった始まりの魔術師とやらは、その国の中でも名門と呼ばれる一族の長だったとは聞いていたが、問題の事件を起こした人ならざる者達の集まりに招かれるくらいには力のある者だったのだろう。

だが、それはもう遠い遠い、昔話だ。

魔術師達が継承してきた叡智《えいち》と術式も、今は何世代にもわたってファーシタルの森の養分になってしまった。

それが祭祀《さいし》としての役割を引き継いできたジラスフィだとしても、きっともう、何も残ってはいないだろう。

どこかで、何か得体の知れないものと約定でも交わしていて、それを忘れていない限りは。

幕間

来訪者

A long night country and the last dance.
The lonely duke's daughter and the midnight spirit.

ユールハイベルトへの道は暗かった。

代行者の管轄下の土地らしく、暗く青い夜闇の中に沈んだ森の色彩は豊潤で美しい。ふくよかな夜の森の香りに、老いて結晶化してもなお生き生きとした老木の影。足元には小さな花々がどこまでも咲いている。夜の情景を愛する者なら溜《た》め息《いき》交じりに立ち止まりたいくらいだったが、ユージィンはその余裕すらなくひたすらに前に向って歩いていた。

緩やかな巻き髪になっている飴色《あめいろ》の長い髪が夜風にかき回され、琥珀色《こはくいろ》の瞳には木々の隙間からの月光が鈍く光る。レイマーレイの城でのお披露目までは残り半日だ。今回迷い込んだ区画が物騒過ぎたせいか抜け出すのに時間がかかってしまい、残された時間は少ない。この世界でたった一人の親友であるエイダーを頼ろうにも、未《いま》だに繋《つな》がらない通信端末を握りしめて、ひたすらに森を抜ける。

（もうどうして、今回に限って空間が歪《ゆが》んでいるような最危険区画に迷い込んじゃったの!?　エイダーは、私がまだ来訪者として安定してないからじゃないかって言っていたけど、そもそも、安定してない来訪者っていう存在なんか聞いたこともないし!!）

〝来訪者〟と呼ばれる存在がある。

異なる時間軸や、場所から落とされた者である来訪者という存在は、種類ごとに成り立ちが異なる。

〝嗜好品《しこうひん》〟と呼ばれる者達《たち》は、単純に何者かの欲求に応じて呼び落とされる来訪者で、一様に見目麗しい少女が多い。予言の力を持つ者も多く、その恩寵《おんちょう》も広く知られていた。

逆に〝武器〟は、理《ことわり》を越えた願いを叶《かな》えようとした結果、異なる世界や時間軸に罪落ちした者達の中で、どうにか願いを聞き届けてくれる者を見付け、大きな対価を支払って生還した者達だ。その経歴から理外れと呼ばれる大きなアールを手にするが、罪落ちで願いを忘却した彼等《かれら》は心を失《な》くす。発見され次第に長持ちさせる為《ため》に感情の封印を受け、高価希少の武器として売買されている来訪者だ。数で言えば、手厚く庇護《ひご》される嗜好品が百人以上なのに対し、短命の武器は九人しか現存していない。

（嗜好品は、学術的にも希少ってことで国家的に人数制限や保護が義務付けられているし、直接関われるのも国の幹部のみって規制までかけられているけど、実際には世話役や周囲が入れ込み過ぎて面倒を起こしかねないから、規制だらけにしたっていうのが本音だろうし……）

人間の中でも最上級の美しさを誇るのが、嗜好品の来訪者だった。その事実を踏まえて考えると、ユージィンは少しだけレイマーレイに行くのをやめるべきかと迷う。

（エイダーは皮肉か同情か、白鳥に交じったひよこって言ってくれたけど、こんな私が嗜好品の群れに交ざったら、確実に嗜好品の歴史が変わる一瞬を生み出してしまう……）

この世界に不慣れな嗜好品達の為にあるのが、フランセスクとヴェネツィア共和国の中立域にあるレイマーレイの城だ。大洋のど真ん中にそびえる純白の城では、嗜好品達が手厚く保護・教育され、厳しい審査の上、選定された各国の代表達に定期のお披露目で下賜《かし》されてゆく。誰もが思う嗜好品の枠から大いに外れた期待外れの一品であることは間違いないので、史上初の貰《もら》い手《て》のない嗜好品という事態を起こしかねないとも思えば、がんがんと直進意欲は減退してゆく。

「………あ」

さあっと体を濡《ぬ》らし始めた細やかな雨に、ユージィンは空を見上げた。星まで瞬く晴れた夜空のどこからか、温度のない雨が降り出している。一過性の不思議現象なのか、これから天候が悪化するのかを思案しながら、ものすごく嫌そうに斜め後方を振り返った。

（……こう、物語の展開では絶対に入っちゃいけないよ！　的な建造物なら、……ある）

たった今、その横を緊張しながら抜けてきた聖堂だ。廃屋になっているのは間違いないのだが、朽ちた今でも創建時の美しさを偲《しの》ばせる壮麗な造りは失われていない。この夜の森に満ちている青さを凝縮したような半透明の石材は、美しいだけでなく近寄りがたい雰囲気を醸し出している。予言の力をなくしたとは言え、間違いなく何の力も持たない一般人が容易に入り込んでいい場所ではないと分かる。

しばらくの間ぎりぎりと眉間の皺《しわ》を深くしていたユージィンだったが、ふとある可能性に気付いて表情を明るくした。空間の歪んだ区画とは言え、建造物の内部ならば、通信を可能にするアールが生きている可能性があると思い至ったのだ。雨足が強くなりそうなことも背中を押す。

（……こっそりと、あまり物音を立てませんように）

引き返し、祈るような気持ちで荘厳な大扉を押してみると、それは難なく開いた。胸を撫《な》で下ろしつつ内部を見回したユージィンは、あまりの美しさに目を瞠《みは》った。

あの外観から見当を付けていたが、どこにこんな奥行きがと思えるくらいに広大なその空間は、見上げる程に高いドーム型の天井を有した吹き抜けらしかった。南国めいた美しさのない温室みたいに、いたるところに満開の花が咲き誇り水の音がする。目が痛くなるくらいに高い壁には壮麗な彫刻と、頭が痛くなりそうなくらいどこまでも上に伸びる書架。

驚いたことに最奥の壁に広がっているのは、本物の夜空だ。事象石に満天の星空などという稀有《けう》なものは存在しなかった筈《はず》だが、この聖堂には現存しているらしい。

「誰か、……いませんよね」

しんとした空間に響く小さな声を聞き、ユージィンは、ふうと肩を落とす。それからしばし館内を見て回ったが、二階部分への階段は崩れているし、幸い中にいるのはユージィン一人のようだ。微《かす》かに残る蠟燭《ろうそく》と香の香りを胸いっぱいに吸い込んで、柔らかな雨音に耳を澄ませる。

（やっぱり、……この世界は綺麗《きれい》だ）

恐ろしくも美しい人外者に溢《あふ》れた世界には、危険なことも多々あった。そのどれもが不慣れなユージィンには命取りになり兼ねない罠《わな》のようではあったけれど、この世界の美しさに曇りはない。

「でも、………一人ぼっちだね」

ぽつりと囁《ささや》いた声は、美貌の夜に溶け込んで消える。

すっかり、レイマーレイに行く気力はなくなっていた。そこにさえ行ければ、首尾よく守護者を得ることが出来て、自分の居場所が安定するような気がしていたのに、今となれば自分のその考えがひどく甘いものであったと思わざるを得ない。

やはりエイダーの商社で下働きでもしながら生計を立てるべきだろうか。エイダーは親友だが、決して甘い人ではない。だからこそ本当は、そんな迷惑をかけたくないのだけれど。

（今は純然たる厚意と好奇心で手助けして貰っている状態だけど、これで私の面倒まで全部押しつけてしまったら、今みたいに対等な友達じゃなくなっちゃうような気がする……）

彼は有能で狡猾《こうかつ》な魔術師だ。誰よりも信頼しているけれど、彼らしい気質を慮《おもんぱか》れば、彼との関係性をどう制御するべきか分かってしまう。完全に手の内に転がり込んでくるともなれば、彼はユージィンという来訪者の有効な利用方法を思案し始めるだろう。予言の力を持たない以上、一般的な嗜好品達のように、優しい守護者の手で守られる安堵《あんど》は得られない。

（守護者の候補資格は、何年待ちかも分からない希少な枠だもの。誰だって、何の力もないだけでなく、とびきりの美少女でもない来訪者の面倒なんて見たくないよね）

「もうこの際、来訪者だっていう希少価値だけで、誰か引き取ってくれないかな。一人分の扶養が可能な程度に裕福で、のんびり屋さんの優しい人がいいんだけど、……そんな該当者いるかな」

訪れる者もない空間で整然と並んだ長椅子に腰を下ろすと、足を上げて体を抱え込む。小さく丸まるのは、この不安定な世界で考え事をするときの癖だ。ややあって頭の中に何も有効な手段が浮かばないと知ると、ユージィンは溜め息を吐《つ》いて気持ちを切り替えた。


事象石の切り出しには複雑な条件が揃《そろ》うことが必要となる。絶好の気象条件に合わせて冬の星空用の檻《おり》を訪れていたスイは、切り出した石材を我儘《わがまま》な友人の執務室に転移したところだった。

本来彼がするべき作業ではないのだが、適当な系譜の人外者がたまたま不在にしており、妙なところでこだわりを譲らない友人に、年代もののグローヴァー一本で作業を委託されたのだ。受ける義理はないと思いつつも、先月の辺境地域での小さな騒乱で、彼が面倒だからという理由だけで放置した獣族の一団を処分する羽目になった友人には多少の借りもある。

（…………歌？）

熟練の職人でも二日はかかる作業を、数分で終えた時だった。上質な星空を捕える為の檻として建設したこの聖堂の、隔離結界が張られた筈の屋内から聞こえてきた音に、彼は愁眉を顰《しか》める。

漆黒のケープを翻して術式で再構築した階段を音もなく下りると、声の出所を探るまでもなく見付けた侵入者の姿を観察する。そこにいたのは思いがけない侵入者で、不可解さが強まった。

（……少女？……人外者か？…………いや、違う）

低く甘い歌声が揺れる。涙の余韻に掠《かす》れた声だったが、その声は晴れた夜空から落ちる雨のように聴く者の胸に容易《たやす》く沁《し》み込んだ。

訳も分からずに胸を突かれ涙が零《こぼ》れる。そんな声は、見渡す限りどこまでも続く薄暗い書架の中から聴こえていた。螺旋状《らせんじょう》に積み上げられた書架の遥《はる》か頭上にある天窓から、ステンドグラスの色とりどりの光が降ってきている。薄闇の中でその光の輪は散らばった彩りの粒子を浮かび上がらせ、中心にある壮麗な椅子に足を抱えて座っている少女をことさら孤独に見せていた。

彼女の歌声に合わせて大気中に漂う粒子達は姿を変えてゆき、きらきらとはじける光の粒や、鮮やかに咲き誇り散ってゆく花々へと変貌してゆく。そしてそれらの全てが、万華鏡の雪景色のように彼女の周囲に落ちていった。

「……っ」

息を呑《の》む微かな音に気付き、少女がぱっと顔を上げる。自分らしからぬ失態に舌打ちしたい思いで、スイは驚きに瞠る篝火《かがりび》のような瞳を見返した。

「……わっ、……あ、……ご、ごめんなさい!!」

ぱっと立ち上がった少女には、アールの欠片《かけら》も感じられない。空間そのものにすら、先程までの見事なアールの欠片も嗅ぎ取れず、スイは、目の前で激しく動揺している少女を見ながら愕然《がくぜん》とする。

ここエンドベルデの空間では、歪んだ質量や特殊な気象条件が時折幻覚を見せることは知っていたが、まさか幻だったとでもいうのだろうか。だが、実際に目の前に立っていて隙を見せれば逃亡しかねない体勢を分かりやすくとっているのは、無能極まりないただの人間だ。

「……こ、この聖堂の管理者の方ですか？　あの、雨が降って来たので勝手に入っちゃったんですが、すぐに失礼しますので!!」

言いながら後ずさろうとして椅子の脚に躓《つまず》き、がりっと嫌な音が響く。

「……っつう！！！」

途端に涙目になるのが分かったが、それでもじりじり後退してゆく様は、猟犬に見付かってしまった森の小動物のようだ。

そのくせ興味があるのか怖いもの見たさか、特徴的な瞳でじっとこちらを窺《うかが》うのだからたちが悪い。あの無防備さでは、捕獲してくれと言っているようなものだ。

「……失礼、足を強打されたのでは？　すぐに手当てをしないと、その様子では腫れますよ？」

「………え？……あ、お気になさらずに。そのまま、」

言いかけた言葉が途切れたのは、彼が歩み寄ったからだ。まさかここまでの不手際で刺客間諜《かんちょう》の可能性は考えられなかったが、とは言え不審者を見逃す程に愚かではない。

だが、逃げることも忘れてこちらを見上げる琥珀色の瞳に、ふっと感嘆に近い感情を覚える。

（篝火にかざした黄金の液体みたいだな……）

暗いくせに鮮やかなその色彩は、人外者特有の瞳の色に近い。だが、人外者が身に纏《まと》う大抵の美しさに見慣れた彼の目を引いたのは、それが生粋の人間の持ち物だったからだ。接触することに危険が伴うとは思わなかったが、深く考えずに逃亡だけは阻止しようと手を伸ばした。

（つ、捕まった！！！）

内心恐慌状態に陥りながら、ユージィンはかわし損ねた手首の拘束を茫然《ぼうぜん》と見下ろす。

人外者の身体能力を見くびっていた訳ではないのに、目の前の男性の動きを予測し損ねてしまったのだ。見惚《みと》れる程に優美な動作ながら、気付いたら間合いを詰められている。

（……高位の人外者か、……下位の代行者？）

漆黒の装いは限りなく物騒だったが、葡萄酒《ぶどうしゅ》色をした瞳は人外者らしく身を切る程に鮮やかだ。瞳は人外者の特徴の一つで、同じ色彩を以《もっ》てしても、人間のそれとは色合いがまるで違う。抜けるような透明感と暗闇でも失われない鮮やかさで、彼等はその美しい容姿と共に人間とは違う、特別な存在なのだと知らしめる。

同じ〝人〟という括《くく》りになってはいるものの、あまりにも両者の差は大きくて、人外者の中でも飛びぬけて高位にあたる代行者達が畏怖されるのは当然だ。

（髪型も寝起きでも乱れないし、いつでも綺麗だし、いい匂いするし、体力やアールも段違いで、おまけに何故《なぜ》だかみんなお金持ちだし、後天的に人外者を作る魔物の被害者が減る気配もないのも分かる気がするなぁ。みんな、転向したくてしょうがないんだろうし……）

考えている内に種族的な僻《ひが》みのようになってきたので、ユージィンは小さく息を吐いた。ここは全力で逃亡手段を考えるべき場面なのに、つい目を奪われてしまう。穏やかな微笑《ほほえ》みを浮かべているくせに、ふと見せる眼差《まなざ》しはひやりとするくらいに鋭い。

（…………なんて、綺麗なの）

それでも視線を向けると、胸の奥で吐息が震える。

人間とは違う肌の白さは硬質で、脆弱《ぜいじゃく》さは微塵《みじん》もない。微かな曲線を描く黒髪は、ただの黒と表現してしまうにはあまりにも芳醇《ほうじゅん》で、彼の系譜や代行するべきものの美しさを窺わせた。

息を呑むほどに美しいけれど、彼の容貌はあまりにも美しすぎて人間の目には拒絶をも映してしまう。だからこそ人間は大抵の場合、高位の人外者を恐ろしいと思うのだろう。

それでもユージィンは手を返して彼に触れてみたくて、指先がうずうずした。こんなぞっとする程に拒絶感に満ちた美しい生き物に触れることは、美しい猛獣を、手を失くす覚悟で撫でてみようとする試みに近い。


（待って、落ち着いて。人外者特有の精神圧に惑わされている場合じゃないから!!）


寸前のところで我に返り、必死のこの状況を打破する術《すべ》を模索する。

（多分だけど、不審者だと思われてるのよね？　どうにか許されて解放されるような言い訳って、）

「足首も痛めておられますし、ひとまずは座られては如何《いかが》ですか？」

全身で警戒している上に腰を落として手首の拘束から逃れようとしている体勢が分からない筈もないのに、かけられた声は場違いなくらいに静かだ。

「足の問題はこの際置いておいて下さい。……えっと、出て行くと申し出たのに拘束されたのは、雨宿りとは言え不法侵入で怒っていらっしゃるんですよね？」

「このような時間ですから、女性が雨避《あまよ》けに屋根を借りる行為に怒る程、狭量ではありませんよ」

「……そこまで皮肉たっぷりに怒ってないって言われても」

「おや、そう取られてしまうようでしたら私の言葉が足りないせいですね」

優しく微笑まれて、ユージィンは素早く頭を巡らせた。

(この雑な作り込みを見るに、多分ものすごく馬鹿にされてる。ここはいっそ、来訪者であることを明かしてしまえば、保護義務のあるレイマーレイに収監されるか、或《ある》いは最悪でもどこかの密輸品にされるだけで済む)

穏やかな口調に騙《だま》されようもないくらいに、彼の眼差しには色濃い呆《あき》れが見てとれた。

「不思議には思っておりますよ。ここはエンドベルデです。高位の人外者にすら転移を許さない空間の歪んだ森に、なぜあなたのような方が装備もなく単身でおられるのか、とかはね」

「……あのう、ものすごく唐突な質問なのですが一つ教えていただいてもいいですか?」

「お答え出来ることでしたら」

微かに面白がるような響きを感じて、ユージィンは賭けに出てみることにした。

「先程、エンドベルデという地名を出されましたよね。ここは、エンドベルデという国なんですか?」

「……国?…………失礼ですが、ここがどこだか、把握していらっしゃらない?」

「ええ。急にこちらの近所に放り出されたものですから。事情通の方によると、私は来訪者の中でも存在が安定していないとかで、転移門をくぐると迷子になっちゃうんです……」

単身で組み上げる転移が可能なアールを持たない者は、この世界でも一般的な交通手段を移動に使う。だが、小指の先ほどの硝子玉《ガラス》にしか見えないアールの転移門を利用出来る富裕層は、その魔術の恩恵を受けることが出来ていた。通常なら行く先を誤る筈などないその魔術を狂わせるだけの何かが、ユージィンにはあるらしいというのが、親友の見解だ。


「来訪者」

低く慎重な囁きには疑念が満ちていた。

「……あ！……はい。以前にご迷惑をおかけした方からは、この世界に不慣れなのだから不用意に他人に事情を話すなと言われているんですが、流石《さすが》にこの状況では白状しちゃっても仕方ないですよね。不法侵入で拘束されるか、最悪希少品としてどこかへ売られるかだったら後者の方がどうにかなりそうですし」

「優先するべきことを誤っているというご指摘の前に、私の方でも一つ確認させていただきたいのですが、……あなたは来訪者なのですか？」

「……はい」

見惚れるくらいに美しい人外者にさも信じられなそうに言われて、ユージィンは奥深いダメージを負った。

不審がるのは分かる。分かるが、条件的に敏感なところなのに。

「紛らわしい容姿ですみません」

遠い目のままで縮こまって詫《わ》びると、また僅かに困惑する気配を感じる。

本来の彼ならば、このような不手際は有り得ないのだろうが、ユージィン相手ではどうも調子が出ないようだ。

「あなたの容姿に疑問を呈したのではありませんよ？　来訪者は稀《まれ》なる存在ですし、あまりにも唐突な告白でしたので、さすがに驚きました」

綺麗な手が伸ばされて思わず首を竦《すく》めたが、ふわりと優しく髪を撫でられただけだった。

「事情をお察しせずに、怖がらせてしまいましたね。申し訳ありません」

手首を拘束していた指が外され、代わりに反対側の手がそっと伸びる。

激しく困惑したまま漆黒の手袋に包まれたその手をじっと見返すと、どきりとするくらいに穏やかに微笑まれた。その微笑みにどう応えればいいのか分からない程度の社交術しか持ち合わせていなかったので、続く言葉を切り出してくれないかとじっと見上げたユージィンに、なぜか彼は、片手を額に当て、小さな溜め息を吐いた。

「まずは足を治療して、それからあなたのことを教えていただけますか？」

そうして微笑んだスイの美貌に見とれて逃げ損ねたのが、ユージィンが規格外の守護者を得たきっかけだったと聞かされた時、友人達が一様に嘆息したのは言うまでもない。

最も繁栄を誇る国家の一つ、その中で最も裕福で、最も夜闇の深い国と言えば答えられない者はいないだろう。

アールと呼ばれる魔術と、厄介だが高位でもある人外者達に恵まれた美しい海上都市は、夜の都としても有名だ。別段、夜ばかり栄えているわけではなく、権力の中枢も人間の総督の下にあったし、どちらかと言えば人間も充分過ぎるくらいに丈夫な国ではあったが、やはりヴェネツィア共和国と言えば、夜のイメージが強い。

夜もそれなりに栄えている聖なるアールの都のローマが、太陽の都と呼ばれるように。そんなよろしくないイメージの強い共和国の来訪者に、ユージィンと呼ばれる少女が選出されたのは、一年前のことだった。本来は国家が守護者の候補を立てて申請を出し、術式による抽選で選出された守護者候補がレイマーレイに在籍する来訪者と顔合わせをするのが鉄則である中、何の手続きもなく例外的に下賜が決定したのは、共和国が立てた候補者が代行者であるという前代未聞の条件からだ。

しかしながら当の来訪者が嗜好品らしからぬ〝無能〟だと判明するや否や、各国は抗議する意欲をも失くした。諸外国では、世紀の慈善事業とまで報じられたくらいだ。

「前から思ってたんですけど、この辺りに飾られている絵画の主題って特殊ですよね」

その報道の渦中の人物であるユージィンの指摘に、書類の精査をしていたスイが振り返る。

「ああ、伝承とお伽噺《とぎばなし》ばかりだからな」

その口調には出会った当初のようなわざとらしい慇懃《いんぎん》さはない。この一年で随分猫が剝がれたとは思うのだが、とは言え彼の感情の読めなさは変わらないので、ユージィンは周囲がどうして自分を彼の弱みとして評価するのか不思議でならなかった。

どんなにユージィンを甘やかしている風であっても、スイが自分の意見を曲げることなんて一度もないのに。

(その辺りまでを正確に把握してるのは、ラスディーノ卿《きょう》くらいなのよね)


「お前の好みそうな並びだな」

「もう、そういう意見は女性への偏見だわ」

子供っぽい趣味だと思ったのだろう。キールは辛辣だ。

よく執務を放り出して飲みに出ているキールこと、キール・ラスディーノが働き者かどうかは怪しいところだが、彼が有能なのは疑いようもない。この膨大な問題を抱える国家の中枢のシステムのほとんど全てを、彼が管理していると言っても過言ではないのだ。

多くの場合、国家は庇護する人外者の能力で繁栄度が決まると言われている。元々、厄介だが力のある人外者に好かれやすい共和国ではあるが、〝豊潤なる黄金の政治〟とまで言われるようになったのは、キールが守護代行者兼総督代理になってからだ。

彼を窘《たしな》めたメリッサは、豪奢《ごうしゃ》な栗色《くりいろ》の長い巻き毛と深い緑色の瞳を持つ華やかな美女で、見栄えだけでなく人柄からも執務室のメンバーの中で一番人気を誇っている。

二人が契約を交わしたきっかけは謎のままだったが、淡いシャンパンゴールドの癖のある髪に、はっとするくらいに鮮やかな碧緑《へきりよく》色の瞳を持つ見目ばかりは美しい魔物に彼女が恋をしているのは、周囲では暗黙の了解になっていた。お似合いなのだが、どうやら当のキールからしてみれば、メリッサはいい友人でしかないらしい。

珍しいくらいに情深い魔物であるくせに、そういうところだけさっくり釘《くぎ》を刺してしまうキールにもめげず頑張っているメリッサの姿に、ますます彼女の好感度は上がるばかりだ。

現在は彼女の経験の浅さや年齢を踏まえ、キールが総督代理として外交に立ってはいるものの、いずれは彼女が共和国の顔になることは、国民の誰も疑ってはいない。

血統の上でも、先代の守護代行者と契約を交わしていた先々代総督の実子であり、尚且《なおか》つ、九年前に守護代行者と総督を同時に失った共和国最悪の一年とされる期間、この国を守り立て直した前総督を後見人に持つ彼女は、総督となるべくして育ったと言っても過言ではない。

「ユージィン、これは願い事を叶える飾り木を祭る聖誕祭で有名だった、ピエタの街並みよ。九年前に何故《なにゆえ》の滅亡を遂げた小国で、そういう意味でもこの絵は貴重なの。その隣にあるのが、世界の王の絵。それを手にした者は、一つの対価と引き換えに、この世の理の上でなら十二の願いを叶えると言われているお伽噺の王冠ね」

「願い事を叶えてくれるんですか。本当かなぁ」

視線の先の大きなキャンバスには、どう見ても人外者にしか見えない美しい王と、その王を守り立つ黄金の髪の美女が描かれている。細やかな描き込みが美しい、お伽噺の再現だ。

「史上最も美しい武器とされる、黄金の盾。前に剣を構えて立っている女性よ」

「黄金の盾。最も美しい武器とされるその来訪者は、世界の王の最後の砦《とりで》。かの王を傷付ける者を許さず、殲滅《せんめつ》してきた最強の武器とも謳《うた》われる存在だ。まぁ、あくまでも伝承だがな」

そこで言葉を切ったキールが何故かスイの方を見たので、ユージィンもつられてそちらを見る。

「気に入ったのか？」

そう言われて、浮かんだ微かな苦笑いに小さく首を捻《ひね》った。

「すごく綺麗な絵だもの」

「お伽噺だから、絵として美しいんだ。実在したら血塗られた禍《わざわ》いの王冠にしかならない。叶えたい願いがあっても、実際には触れていいようなものではないからな」

スイの指摘がどことなく呆れを滲《にじ》ませているのは、先日ユージィンが、ハリオールという竜の鱗《うろこ》に触ろうとして大惨事を起こしかけた事件のせいだろう。

眉尻を下げて不本意さをアピールしてみると、ふわりと頭に片手を載せられた。

（そりゃ、綺麗だから触ってみたくなって指を伸ばしたところまでは事実だけど、さすがに不穏な気配を感じて手を引っ込めるところだったんだもの。私を飾り棚から引き摺《ず》り下ろしたのはラスディーノ卿なんだし、あの大騒ぎを作ったのは寧《むし》ろそちらなんじゃ……）

石作りの床に叩《たた》き落とされた結果、ユージィンにかけられた守護結界が発動し、執務中だったスイまで駆けつける大騒ぎになってしまった。

「そんな物騒な願い事の王冠よりも、私は、この絵の中に描かれている、素敵な王様と明らかに恋人同士な黄金の盾の物語が気になります……」

「案外そういう人間にこそ、願い事を叶える力が訪れるのかもしれないな」

唇の端に柔らかな微笑みを乗せてそう言われると、ユージィンは彼が自分の守護者になってくれた幸運に密《ひそ》かに感謝する。

あの聖堂で怪しい身の上として保護されただけでなく、見慣れない生き物を放っておけなかったのか、暇潰しか、彼は守護まで引き受けてくれた。あまりにも彼らしからぬ行為に、当初共和国の執務メンバーは動揺を隠せなかった程だ。

（〝守護はどんなに言葉を飾っても、所詮隷属の一種に他ならない〟なんて、そんなことを言いながらどうして引き受けようと思ったのかしら……何か意味があったのかな？）

第三者がいる場では、今でもスイは敬語を織り交ぜた受け答えをすることがある。

その度にユージィンは、彼がなぜ自分の守護者になってくれたのかを考えずにはいられないのだ。手間がかかって厄介なことばかりだろうに。

「そう言えば、エレノアはまだ戻らないのかしら？」

「あー、元老院の奴《やつ》らに昼食に連れ出されたんだ。戻りは遅くなるんじゃねーの？」

キールとメリッサの会話から、ようやくもう一人の嗜好品がなぜこの場にいないのかを知って、ユージィンは首を捻った。

庶民派のユージィンなら兎《と》も角《かく》、あの儚《はかな》げで可愛《かわい》い生き物を単独行動させているとは意外だ。嗜好品らしく、淡いストロベリーブロンドの髪にミントグリーンの瞳をした砂糖菓子みたいな少女は、ユージィンですらあまり外に出したくないと思ってしまう逸材だ。


「また個人的な依頼じゃないでしょうね……」

「恐らく、明日のリベルフィリアの話だろう。うちの息子と一曲踊ってやってくれっつー、しょうもない依頼だろうな」

「ああ、エレノアとのダンスは倍率が高いから昼食で買収しようって魂胆ね」

「……いいなぁ、私も踊りたいくらいなのに」

そう呟《つぶや》いたユージィンに、メリッサが微笑む。

「分かるわ。私も男だったら、エレノアをエスコートしてみたいわ」

リベルフィリアは、共和国特有の記念祭だ。聖誕祭のシーズンが始まりを意味しており、商国のヴェネツィアはこの夜を盛大に祝うことで聖誕祭の成功を祈願する。

先々代の総督が斃《たお》れた際の混乱を処理した先代総督がキールに共和国を託して退任した日でもある為に、リベルフィリア、死からの再生を祝う夜としても名高い。街中にアールの火が灯《とも》り、美しい飾りで溢れる。


（……そんな特別な日だからこそ一緒にいたかった）


「ユージィンはドレスの準備は出来ているの？」

「あ、……大丈夫です。スイがお小遣いをくれましたから」

その話題にユージィンはひやりとした。

以前は催しの度にドレスを新調しなければならないのでスイが手配してくれていたが、最近のユージィンは自立を余儀なくされている。勿論《もちろん》生活の面倒という意味では守護者であるスイに依存しているのだが、以前ほどべったりではない。

（………でも、私だってエレノアを放っておけないのは分かるもの）

エレノアは、ユージィンがスイと出会う前から共和国に滞在している嗜好品だ。

元は共和国貴族の一人が国外で身請けした嗜好品だったものの、守護者であったその貴族の老衰により、本国の執務室に保護が委託されている。

国の守護代行者でもあるキールには契約の規制がある為、スイが庇護を任されているのが実情だった。スイは、ユージィンが引き取られた直後から政務で国外に出ていたので、同行していたユージィンがエレノアの存在を知ったのは先月だった。

大きな瞳を潤ませてスイの帰りを待っていた彼女の姿は、夢見がちで笑顔が似合う儚げな美少女。その方面が好みの男性なら、顔を覆って昏倒《こんとう》しそうなくらいに可憐《かれん》だった。

「ごめんなさいね。私が一緒に行きたかったんだけど、最近は執務が重なってしまって。先月にキールが私のものを発注した時に気付いていれば、一緒に頼んだのに」

「色合わせはきちんと覚えてるだろうな？」

基本的に執務室の上層部で公式行事の色合わせが被《かぶ》ることは許されない。屋内内装等に目がない趣味人のキールは、衣装にも厳しい審美眼を持っている。

「ラスディーノ卿の白、メリッサの緑、スイの黒に、エレノアの水色。でしたよね」

「で、何色にしたの？　スヴェインが選んでいた頃は、ラベンダー色のは見たことあるけど」

「……秘密です」

「あら。そう言われちゃうと、楽しみになっちゃうじゃない」

まさか自分で選んでいないので知らないとは言えず、力なく微笑んで誤魔化したのだが、幸い気付かれなかったようだ。

何カ月か前にスイが選んでくれたラベンダー色のドレスを思い出して、ユージィンは微かな寂しさを押し殺した。

今回の祝祭で初めて、ユージィンはエスコートなしの出席になる。のんびりと自由気儘《きまま》に楽しみますと言ってあるので心配されていないが、本来は一人上手な性格なので、正直なところ精神的苦痛で胃が痛みっ放しだ。


（……スイは、私をどれだけ丈夫な生き物だと思ってるんだろう……）


放っておいても丈夫に生きられる、雑食の生き物くらいに考えているのだろう。彼がユージィンにだけは飾らずに接していると噂《うわさ》されるのは、実際には何の気も遣われていないからだ。

「ユージィン、ダンスを嫌うのは構わないが、くれぐれも脱走だけはするなよ。各国からも賓客が来ている状態で、余計な接触を図ってくる者もいるかもしれない」

「あまり関係性が芳しくないお国の方も来るんですか？」

スイの国外での政務を見てきただけに、ユージィンの眉間にはぎりぎりと深い皺が刻まれる。

あれだけ敵を量産している彼のその言葉には、嫌な重みがあり過ぎる。

「それはないが、羽目を外したがる者が多い」

「？　はぁ……。そういう心配をするのは、メリッサやエレノアだけでいいと思いますけど」

「単品価値はさておき、利用価値がある内は用心しておけ」

あんまりな補足をしたキールは勿論メリッサに足を踏まれたが、ユージィンはそういう懸念が残っていたことに気付き密かに嘆息した。

当日、スイ達には様々な社交義務が生じる。監視の目も緩むと思い込んでいたので、羽を伸ばすつもりだったのに。


リベルフィリア当日、ユージィンは見たこともないような上質の生地を手にして茫然としていた。

「……これ、セルベル織り？」

「いえ、アグライアの新たな技法で琥珀《こはく》を織り上げたものですよ。生地そのものの艶が光を散乱させるのは、糸が特殊な技法で紡がれた結晶だからです。縫製したものではなく創造と言ってもいいでしょう。ですから、縫い目もありません」

淡々と説明しているのは、親友のエイダーだ。

共和国起業の商社アンブリエの総帥である彼のどこかの執事めいた漆黒の装いは、非常に彼らしい。銀の眼鏡に腰までの黒髪と漆黒の瞳。彫りが浅くも端整な容貌。理知的で暗い瞳の彼は、別の名前では国際的な犯罪者としても名高いが、ユージィンの一番の理解者であり、最初の保護者だ。

「お、……お幾らでしょう？」

優美なラインを活かしたシンプルな作りだが、布地はたっぷり使われているし、ドレープごとに施されたシャンデリア型の宝飾品は、高価な深紅の薔薇《ばら》水晶のようだ。

果たしてスイに渡されている準備金で足りるだろうかと青ざめるユージィンに、反対側に座った青年がにっこりと笑いかけた。

「いいの、いいの。これは僕からのプレゼントだから」

「……え、ほんとう?」


生々しい金銭問題が絡むので、ユージィンは感謝に満ちた眼差しをアロイスに向けた。

キールとは違う意味で人懐っこい微笑みを浮かべる彼は、共和国に籍を移したフランセスクの公爵だ。とは言え、人外者なので共和国に移り住んでからは数十年も経《た》っている。九年前の事件で疲弊した国を建て直した立役者の一人でもあり、前総督の片腕と呼ばれた人物だった。

「だって、初めて君の公式行事用のドレスを選んだんだよ? 僕に贈らせてくれなくてどうするの。庇護欲にまみれた大人の我儘を受け入れてくれるよね?」

春の日差しのように柔和な微笑みを浮かべるアロイスは、社交界では艶聞で名を馳《は》せている。お伽噺の王子様めいた物腰と、決して深追いしない品のいい戯れで、少女達から円熟した婦人方までと幅広い人気を博している。

だが、ユージィンにとっては気の置けない保護者の一人だった。

「暗い光沢のある琥珀色で、すっごく綺麗。この薔薇水晶は珍しい色だね」

「あ、それはね薔薇水晶の希少色にも見えるけど、血晶石だからね」

にわかに物騒な単語が浮上したので、ユージィンは言葉を失ってアロイスを見返す。華やかな祝祭用のドレスをそんな血塗られた宝玉で飾り立てる意味が分からない。

「有害なものではありませんよ。以前、不用意に血を流したディナ・シーから持ち込まれた商品ですので、守護石化しているものです。森の系譜のシーだったので、海に出ると効力が落ちますが」

「共和国は海に囲まれた国だから、良くも悪くも効果は無効化してるよ。妖精の血を使っただけの、綺麗な宝石だと思えばいいんじゃない？」

「……知らない誰かの血………」

ユージィンは気重にそう呟いたものの、あまりにも美しいドレスに次第にそんなことはどうでもいいような気がしてきた。

芳醇な琥珀色は鈍く光を跳ね返すと、藍色や藤色の輝きを帯びる。血晶石の輝きを映した部分は鮮やかな深紅に煌《きら》めいた。左右非対称のスカート部分には複雑なドレープがあり、トレーンが長めに作られている。とろみを感じる手触りと透明感のある艶にうっとりと頬を染めた。

「ほらほら、着てごらんよ。着つけは手伝ってあげるから」

「うん。複雑過ぎてどう着ればいいのか分かんない。手袋は灰紫？　あ、でも、すっごく繊細な艶消しの金で薄《うっす》ら地模様が入ってるのね。ペティコートはないんだ……」

「手袋は指先を出すタイプだから、不器用さんでもグラスを取り落とさないよ。その代わり誰とでもダンスを踊れるわけじゃないから、お相手は僕かエイダーにしておいてね。張りがあって膨らむ生地だからペティコートは邪魔になるだけだ。爪はスカーレットで、髪は君の綺麗な髪を活かしてトルキア砂漠風に半分だけ結い上げよう。いつもの耳飾りだけしてその他の装飾品はなし」

ユージィンが決して外さない小ぶりなシャンデリア型の耳飾りは、琥珀の結晶を紡いで紅玉と星水晶が揺れる繊細で美しいものだ。装身具にしか見えない筈なのだが、実は拘束性の術具であることを知っているのは目の前にいる二人だけだ。

安全のお守り兼、願掛けの品でもある。


「髪の毛、茶色だよ？」

「飴色にラベンダーブラウン、灰羽色、栗苺《くりいちご》色と、君の長い髪にはあらゆる色彩が詰まってる。人間の毛並みにしては珍しいしねぇ」

「森狼《もりおおかみ》の毛並みに似ておりますね」

「……え、それって誉《ほ》めてない」

相変わらず微妙な線をついてくるエイダーの表現に遠い目になりつつ、ユージィンは手慣れた様子で着替えを手伝ってくれるアロイスの指示に従って、髪の毛を持ち上げた。

アンダードレスを見せることに一切の抵抗はない。ほとんど家族みたいな距離感なのだ。寧ろ姉か母親に近い観念すらある。

密かに毛皮で裏打ちをして履き心地を万全にした華奢《きゃしゃ》な靴を履き、その歩きやすさに感激した。

「何これ、このまま全力疾走出来そう!!」

「ヒール部分に逆転結界を織り込み、重力操作のアールを少量展開しております。いざとなったら、そのまま戦場に出られる程なのですが、なにぶん凹凸には弱い作りですので」

「舞踏会から戦場には行かないから大丈夫」

「いざとなったら、僕が抱いて逃げるしね。はい、完成ー！　鏡を見て御覧」

アロイスに促されて鏡を見たユージィンは、華美過ぎないのに繊細に編み込まれた流れが美しい髪型に目を輝かせる。ゆるい編み方なのに崩れる気配もないのが秀逸だ。

「わぁ、こんな風に編み上げたのって初めて！　どこで覚えてきたの？」

「そりゃあ、現地のトルキア砂漠地方で出会ったご婦人からね。共和国のどんな髪結いでもこの絶妙なしどけなさは再現できないよ！　僕以外に出来るのはラスディーノ卿くらいじゃないかなあ」

「ラスディーノ卿は出来るんだ……」

「彼は器用だからね。料理も大概の料理人より上手《うま》いし、内装やら衣裳《いしょう》選びも素晴らしい。植物の栽培や庭作りもこなすなんて、いっそ、最高の奥方になりそうなくらいの才能だよ」

「卿は、選択を司《つかさど》る系譜の方ですから。それは当然の才能でしょうね」

またしても知らなかったことをさらりと教えられて、ユージィンは親友の情報力に呆れた。

キールがどの系譜の者なのかは、契約者であるメリッサですら知らない事柄だ。高位の人外者は不要に弱みを晒《さら》さないようにと、自分の系譜をあまり明らかにはしない。勿論、スイの系譜も謎だ。

「ユージィンが総督府の席に着くのは、最初の挨拶の時だけだよね？　西側のテラス側にいるから、上手に抜け出してこちらにおいで。僕が迎えに行くと、彼等はいい顔をしないだろう」

発言力のある貴族だからこそ、アロイスの立ち位置は警戒されやすい。ましてや彼は女性関係の噂が絶えないので、嗜好品の相手役には不適当と判断されるのが分かりきっている。

なぜだかスイは、アロイスとの接触には煩《うるさ》いのだ。

（あんなに仲良しだって言ってるのに、まるで相手にされてないんだもの。まったくもう）

それどころか、その言葉を信じてくれる様子すらない。人当たりのいいアロイスが社交辞令で声をかけているのを、ユージィンが勘違いしているとでも思われているのだろう。

（挨拶の時には最後尾にいるんだし、スイ達には気付かれない筈よね。さっさと抜け出そう）

その予想が今回だけは外れるとは知らず、ユージィンは複雑な本音を押し隠してそう自分に言い聞かせる。

動き易《やす》い方が遥かに気楽な筈なのに、ちくりと胸が痛んだ。

近隣諸国の中で最も裕福かつアールの濃密な商国。有り余る人外者の加護を以て作られた総督府宮殿の中にある広間は息を呑む程の美しさだった。

溢れるばかりの色彩で宝玉のモザイクが施された床石は、一層上に煙水晶を乗せることで曖昧な色彩をより幻想的に演出し、繊細なレリーフや絵画は一目で人外者の手による作品だと分かった。

見上げるドーム型の天井よりも遥かに高い真上のステンドグラスの薔薇窓から降り注ぐ光は、深淵《しんえん》から見上げる天上のよう。深い瑠璃色と暗い赤、鈍い金色に孔雀《くじゃく》色。鮮やかで美しく、そして暗く力に溢れている。まさしく極彩色の夜の異名を持つ共和国そのものだ。

壮麗な広間は公式行事の際には開放され、機密政務での利用ともなれば空間ごと閉ざされる。併設された空間の多さと、壁や調度品を鍵に展開する扉の多さから、共和国総督府の部屋はどこも、迷宮に繋がっていると噂されていた。

その、客やら自国の紳士淑女に溢れた広間の真ん中を、ユージィンは軽やかに擦り抜けてゆく。踊るような足取りになるのは、靴に施された優秀なアールのお陰だ。歩く度に髪とドレスが複雑な光を集めて繊細に揺れ動き、高価なドレスに見慣れた共和国の男達も思わず振り返ってゆく。

（このドレスはどこで作ったのかとか、対処出来ない質問を受けてしまう前に脱出しなきゃ）

ドレスが美しいのは充分に承知しているので、ユージィンは集まっては囁き合う視線には頓着しない。鈍い煌めきの残像を残す程の速さで脱出しながら、けれども気付かないところで顰蹙《ひんしゅく》を買わない程度に社交的な表情にする為に、口元には曖昧で鮮やかな微笑みを浮かべておく。

少し前に舞踏会で見かけたアロイスの技を盗んでみたのだが、今のところ順調だった。品定めの視線を向けようとしたご婦人方はドレスにうっとりと溜め息を吐いているし、男性陣はなぜだか皆一様に囁きを交わし合っている。

円柱がいい目隠しになっている西側テラスまで後少し。そう思って安心しかけた時、横顔に今までのどれとも違う強烈な視線を感じて、ぱっと顔を向けた。

「…………スイ！」

談笑しながらも横目でユージィンの姿を捕捉している団体が一つか二つあり、その向こう側にエレノアの手を取ったスイの姿があった。

こちらに背中を向けているエレノアの正面にはフランセスクの豪商がおり、挨拶周りに引き回されている途中のようだ。

視線に気付いてそちらを見たユージィンに、スイの瞳が微かに見開かれる。ユージィンだとは思っていなかったのだろうが、彼らしくない驚きの表現に、何もないところで躓きそうになってしまった。

（……まずい。このドレスの素材が共和国で入手出来ないことくらい、スイなら一目で分かりそう！）

恐らくドレスに目がいったのだろう。でなければスイがあんな顔をする筈などないのだから。

慌てているのを悟られないように微笑んでから嫌な汗をかきつつ目的のテラス側に滑り込んだ。

「……ふあっ、……危なかった!!」

目敏《めざと》いご婦人方にも見付からないようにか、遊び心を演出する形で仮面をつけていたアロイスが、合流するなり座り込みそうになっているユージィンに首を捻った。

「どうしたのユージィン？　早いくらいの到着だし、無事に抜け出せたのかと思ったけど」

「スイに目敏く目視されたの。どこであんなドレス作ったんだ？って、訝《いぶか》し気《げ》に見られちゃった。ものすごく綺麗で大好きなんだけど、誰のドレスとも色相や艶が違うから目立つのね……！！！」

「そりゃ、特別なものを誂《あつら》えたから当然だよ」

「アロイスはともかく、今日は公の場でエイダーもいるんだから付いて来られると困っちゃうでしょう？」

「そっか。今日みたいな場だと、エイダーがアンブリエの総帥なのは、彼等にも明らかだもんね」

商社勤務の親友がいる、ということまではスイ達も把握している。

しかしながら、税務やら商標権やら、総督府としたたかな交渉を繰り広げているエイダーを堂々と親友として紹介したことはなかった。下手にユージィンを盾にして交渉されたりしたら、親友の稼業に余計な隙を与えてしまう。

「守護者殿があなたを人質にするだけの決断をしない限り、こちらの業務に支障は出ませんよ。まぁ、それをやりかねない御方《おかた》だからこそ、あなたは警戒するのでしょうが」

「……………うん」

円柱の陰から見るホールの中央は、色とりどりに煌めいていて別世界のようだ。決して加わることは出来ない輪のようで、微かな羨望に胸の奥が重たくなる。

馴染《なじ》めないのは分かっていても、あの中に入って踊ることが出来たらなんて、子供っぽいお伽噺めいた願望に胸が疼《うず》いた。


「踊りたい？　あんな使い古しの駆け引きで空気の悪いホールじゃなくて、本物の夜空の下で僕と踊ろうか？　ケーキも確保してあるんだよ。君の好きなアマレットのクリームを使ったのを見付けたんだ」

今日訪れている貴婦人達の半数以上が、アロイスのその手を取る機会を夢見ていたに違いない。美しさでは他に類を見ない総督府の人外者二人は、乙女が夢見る王子様とはいささか趣が違うのだ。

「有難うアロイス。あなたと踊ったなんて周囲に知られたら、袋叩《ふくろだた》きにされそうだけど嬉《うれ》しい」

「君は僕の特別な女の子なのだから、絶対に袋叩きになんてさせないと誓うよ」

悪戯《いたずら》っぽくウィンクしてみせたアロイスに手を取られて、ユージィンはテラスに続く硝子窓を開けた。冬の入り口の冷気はアールによって調節され、ドレス姿でも程良い涼しさを感じるくらいだ。

わざと窓の開きに角度を付け、テラスの様子が見えないように広間の様子を反射させる。

「そう言えば、エイダーはどうして招待を受けたの？　滅多にこういう集まりには顔を出さないのに」

「お会いしたい方や様子を見ておきたい方がいらっしゃいましたからね」

そう嗤《わら》う姿に、ユージィンは彼が何かの企《たくら》みを持っていることを知る。

「表情から察すると、思い通りに目的は達成したのね」

「と言うよりは、山肌の様子を確認し終えて、小さな雪玉を落とした段階ですね。あなたにもいずれ説明して差し上げますよ。愉快な作業になるかは、保証しかねる案件ですが」

「その雪玉が転がりながら巨大化していくのが容易く想像出来るのに、愉快な作業じゃなかったらと思うと怖くて眠れなくなっちゃうからいい……」

下手に巻き込まれても適《かな》わないので、ユージィンはぎこちなく目を逸《そ》らした。火の粉を避ける為に首を竦めていると、エスコートしてくれているアロイスがくすりと笑う。

「大丈夫。大丈夫。僕もそうだけど、エイダーは君には過保護なくらいだからね」

「総督府で物騒なお仕事をしようとしているって思わせてくれるだけで、過保護さは微塵もないけどね」

会話が途切れ、くるりとターンをする。繊細な輝きがドレスを揺らし、しゃらりと宝石が音を立てる。テラスでも聞こえる広間からの音楽は、その柔らかな響きが妙に情感を増していた。

「知っているかい、ユージィン？　僕達人外者は、精神圧や瞳の色彩の鮮やかさが、普通の人間とは違う。だからね、大抵の人間はある程度で目を逸らしてしまうから、あまりじっと見つめられるのに慣れていないんだ。彼等と対等に話をしたい場合は、今みたいに目を逸らさずにじっと見つめて御覧」

「前にエイダーにも言われた。特に、真意の読めないようなスイやラスディーノ卿にはそうしろって」

「悪い大人は、僕だけじゃなかったか」

頷《うなず》いたユージィンにアロイスはそう小さく呟いたが、複雑なステップを組み込まれたユージィンは聞き逃してしまった。

視線を戻した先でにっこりと笑ったアロイスに、おやっと首を傾《かし》げる。

「ついでに彼等の前で困った時には、尻尾を踏まれた小動物を意識するといいよ。君がそれをやると、多分相手は真剣にいたたまれなくなるだろうしね」

「小動物で追及が緩む程お人好《ひとよ》しじゃない気がするけどなぁ」

「君の瞳は特徴的だからね。それだけで充分に武器になる。おまけにアンセルク卿にとっては、間違いなく君は理由のある弱点なわけだし。もっとも彼は自分でもそのことに気付いていないのだから、あえて容赦なく使うことを推奨するよ」

「理由……」

ユージィンを呼んだのは彼だ。それなのに、そのことに彼はちっとも気付いていない。

ユージィンは、エイダーとアロイスしか知らないその事実をそっと反芻《はんすう》する。

（嗜好品らしくない嗜好品ってとこでは、各所で議論されているみたいだけど……）

そんなユージィンを呼んだのは誰なのかという議論は、一度もなかったようだ。

ふっと広間にいるエレノアの姿に目を留めた。

嗜好品は皆、彼女達を望む誰かに呼び落とされた存在だ。騒乱を回避する為にお披露目制度を採った結果、嗜好品が自分を呼び落とした張本人に出会えることは非常に稀になってしまった。芳しくない利用目的での呼び出しが多かったこともあり、呼び手の権利は限りなく皆無に近くなったとは言え、エレノアにもいた筈なのだ。

（エレノアは、自分を呼び落とした人に会いたいって思ったりはしないのかな？）

慟哭《どうこく》が聞こえる。

遠雷の向こうで泣いている綺麗な人を見ていたあの記憶。あの時、あの慟哭に振り返って、傷付いた人の思いに応える為に頷いてしまったことは、果たして正しい選択だったのだろうか？

今の彼はそんなことがあったことすら、覚えていない可能性があった。

「その理由について考えるのは、君には悲しいことなんだよね。だから君はきっと、その正当な理由を行使しない。家族である筈の人に、家族であることにすら気付いて貰えないような気持ちになるから」

小さく唇の端に悲しげな微笑みを浮かべて、労《いた》わりの声に応えた。声に出して頷いてしまったら涙が零れそうだったので、ユージィンは一度回避した筈のエイダーの話題に戻ることにする。

「………で、やっぱり不安で堪《たま》らないの。エイダーは、総督府で何をしているの？」

ゆったりとしたターン。仰ぎ見た夜空はすくい上げられそうな程の満天の星。美貌の夜が深まってゆく中、ユージィンは自分のことなど忘れているに違いない、厄介な守護者を思った。


総督府の最奥にある執務室には、幾つもの通路がその道を繋いでいる。

大広間に飾られた一枚の絵画からの道もその一つで、そこを抜けたばかりの執務室の面々が通信用の石盤を見て一様に複雑な表情を浮かべていた。

磨き抜かれたヴェルド石の石盤に鮮明に映し出されたアールの映像には、テラスで寛《くつろ》ぐユージィンの姿がある。咲き誇らんばかりの微笑みで足早に退出したユージィンの様子を訝しんで、出席者の監視の合間にスイが画面を繋いだのが始まりだった。

「そりゃあ、色恋で余計な謀略に足をすくわれる連中は多いけどな……」

総督府の幹部を守護者に持つ以上、ユージィンには慎重な交友関係が求められるのは確かだったが、今までは誰もそんな心配をしていなかったのも事実だ。その迂闊《うかつ》さにスイは眉を顰《ひそ》める。

「よりによって、アンブリエ総帥か」

低いキラの声は、そのアンブリエ総帥に問いかけるユージィンの声で遮られる。

よりにもよって、ちょうど彼女が、アンブリエ総帥に不穏な質問をぶつける直前で回線を繋げたのだ。相手が誰かを思えばあまりにも率直な質問だったが、エイダーは慣れた様子で薄く微笑む。

「もしかして、あの子がよく口にしている商社の友達って、まさか」

「だろうな」

メリッサの表情は、驚きと、心配と。対するキールの返答は呆れが色濃い。

「来訪者の密猟が行われるという情報を入手しましてね」

だが、そうエイダーが口にした途端、執務室の空気が凍りついた。何せ、体のパーツにすら値段が付くのが嗜好品だ。能力の高く美しい来訪者程、その危険度は高いとされている。エレノアが当代随一と謳われる嗜好品であることを思えば、起こるべくして起こった問題とも言えた。

「スイに話してくる。エレノアの周囲の警備を固めてもらわないと！」

ユージィンもそう判断したのだろう。別人のように表情を引き締めて、そう宣言した。

だが、黒髪の総帥は静かに首を振ると、人間を唆《そそのか》してサインをさせる魔物のような微笑みを浮かべた。

「狩りをするのはカザフソフィアの残党だと伺っております。ご存じですか？　彼等はアンセルク卿にご縁があるのだとか。卿に寄り添う来訪者を標的としているということですから、あなたもその対象には含まれる。私としては、あなたの身の安全の方が心配なのですが」

「……エレノアと並んで私が標的になる可能性が限りなくゼロに近いのはさて置き……エイダー、どうして私に注意喚起してくれなかったの？　さっき一度、答えないでぼかしたよね!?」

「親友ですからね。あまり心の平安を脅かしてもよろしくないと判断しました」

「生命を脅かさない判断は、どうか精神平和より優先してってば！！！」

親しい関係だからこそ向ける傷ついた顔で友人を詰っていたユージィンが、ふと顔を曇らせると、透ける素肌が扇情的ですらある美しい手袋に包まれた手を拳にして、ドレス姿に似合わぬ仁王立ちになった。

じっと、エイダーの光の映り込まない黒い瞳を覗《のぞ》き込む。

「さては、親友を囮《おとり》にして上手く商売しようって魂胆なんじゃ……」

「いやいや、ユージィンそれはないよ。エイダーは君にだけは過保護だってさっきも話したよね？」

「人外者の過保護設定は、人間の細やかな精神衛生上では適用されません‼」

「ちょっと、ユージィン！！　僕までその枠の中に交ぜ込まないでよ！　あー、もう、ほらほら、そんなに悲しい顔しないで。エイダーが君をそんな危険な目に遭わせる筈がないじゃないか」

「危険の認識が違うと思う……」

「今日だって魅力的な商談の全てを投げ打って、君にべったりの彼が？」


優しく言い含めるように微笑むアロイスは、普段の艶聞にまみれた彼とは別人のように穏やかだ。花々を渡り歩いていながらも本心を摑《つか》ませない彼が、本当に心を傾けた相手に見せる表情を初めて見た気がして、スイは理由のない不快感を覚えた。

「アロイスとアンブリエの繫がりは取り沙汰されていたが、まさかここで表面化するとはな」

「ラスディーノ卿、アロイス様は先代総督の片腕ではありませんの？」

驚いたようにそう問い返したエレノアに、キールは彼らしい仕草で首を捻った。祝祭用の装いの彼は、同色で繊細な模様を織り込んだ白地に艶消しの金糸で豪奢な刺繡《ししゅう》が施された正装姿で、聖典から抜け出した神のようだ。隣に立っているスイは、漆黒に黒に近い艶ありの深紅。

「人外者は己の欲求に忠実だからな。力を貸した当人がいない今、どう転ぶかは本人次第だ」

「でもアンブリエは一応、表の仕事では登録商社よ。一概に危険分子だと判断も出来ないわ」

先代総督を後見人に持つメリッサには、アロイスに対する思慕の念があるらしい。人外者らしい冷ややかな眼差しになったキールにそう意見すると、彼の無言の視線をぐっと受け止めた。その緊張状態を知ったかのように、映像の中でエイダーがひらりと片手を振る。

「不安にもなりますよ。狩人《かりゅうど》がいるともなれば、アンセルク卿はあなたを囮にしかねませんから」

エイダーが石板の向こう側で投げかけたのは、そんな静かな指摘だった。

共和国の夜景を背にしてユージィンは一度目を瞠り、淡い微笑みを浮かべる。それは寂しげな微笑みだった。

「私、あんまりみんなの役に立ってないから、それはそれで協力しちゃうような気がするけど」

「ほんとうに君は、可愛いものと綺麗なものには甘いね」

呆れたアロイスが、華奢なテーブルに乗った小皿をユージィンに差し出した。

「君が差し出した手を摑まれて引き倒されないように、僕はますます傍《そば》にいないと！」

「アロイスはいつも助けてくれてるよ？」

差し出されたケーキ皿を受け取って、くすぐったそうにユージィンが微笑む。見上げる瞳の無防備さに、スイは出会った当初から頭痛の種だった問題を再確認した。

人間のものらしからぬ透明感の、あの瞳が厄介なのだ。不純物のないようなその眼差しで見つめる様は、森で遭遇した眼差しを彷彿《ほうふつ》とさせる。その瞬間の全ての判断を委ねられているような、ひどく奇妙な気持ちにさせるのだ。信頼しているときならまだしも、怯《おび》えているときにすらそうするのだからタチが悪い。

（……ましてや、アロイスに）

アロイスの評判は隠れ蓑《みの》でもあるだろうが、彼の人外者としての性《さが》でもある。それをどれだけ彼女は理解しているのだろう？


「誉めてくれるかい、ユージィン？　ちゃんと君の大好きなものは覚えているんだ」

アロイスがそう言って示すのは、上品なアプリコット色のケーキだ。花と果実を模《かたど》った小さなもの。さもアロイスが自分の手柄のように勧めるそれを見て、スイは目を細める。

間違いなくユージィンの好みだと考えたからこそ、予《あらかじ》め選出された種類の上に上乗せしたのはスイだった。他人との距離感をあまり近くしたがらないユージィンが、アロイスに差し出されたフォークからケーキを一口食べるのを見て、不快感にチリチリとした苛立《いらだ》ちが重なる。わざと口に入りきらない大きさにしたケーキを無理やり押し込まれて、悪戯を仕掛け合う子供のように笑っている姿に、ふと、そんな風に彼女が笑うのは見たことがなかったことに気付いた。

「アロイスの、意地悪！」

「ユージィンの口が小さいんだよ」

笑いながらフォークを置くと、アロイスは手袋を外した指先で、ユージィンの頬や唇の横についたクリームをぬぐってやった。きわどい光景にもなり兼ねないのだが、目に浮かんだ穏やかな微笑みがそれを家族的な絵にしている。エイダーは見慣れているのか、細身の煙草《たばこ》で紫煙をくゆらせていた。

「いいかい、ユージィン。君の歩く道は真《ま》っ直《す》ぐだ。でもその道は糸のように細い。だから僕は、君がいつか誰かにそこから落とされやしないかと、心配なんだよ。くれぐれも一人で不用意に行動しないこと、それからあまり他人を信用し過ぎてもいけないよ？　権力の中枢は常に混沌《こんとん》としている」

「総督府の守りは固い筈だもの。この中にいれば安全でしょう？」

ユージィンがそう説明すると、アロイスはひどく優しい顔になった。

「総督府という特殊な場所だからこそ、君が大切に思っている誰かが、君を傷付けるようなことにならないか、僕が心配しているのはそういうことなのだけどね」

「アロイス、……エイダーもあなたも、私には特別頼りになる友達がいるもの」

「何かあったら、一番先に僕かエイダーに……、あれ、通信かい？」

「…………スイからだ。何かあったのかな？」

盤上の会話に、キールが横目でスイを盗み見る。

友人からの物言いたげな視線をしれっと無視して、スイは無言で半身を返した。背後からキールの呆れた声がかかる。

「もう少し泳がせておけば良かったんじゃないか？」

「アロイスの真意が読めない以上、取りこまれても面倒だからな」

「どうだか」

振り返りもせずに転移したスイを見送って、キールは誰にともなくそう独りごちた。


広間を抜けて総督府の隠し通路に出ると、打って変わって清涼な空気に包まれる。

魔術のスパイシーで甘い香りを堪能する間もなく、ユージィンは渋めの青緑と艶消しの金で統一されたモザイクの床石を踏みながら足早に通り抜ける。何があったのかは知らないが、通信端末にスイからの呼び出しがあった。ドレスの出所について追及されるのだろうか。或いは、ユージィンも来訪者らしく社交の場に駆り出されるのかもしれない。

残念な方とは言え、頭数が必要な場合もある。

角の丸い長方形をした親指程の端末は、黒曜石のような黒色半透明だ。その表面に浮かび上がった時刻を確認し、共和国の紋章に人差し指を押し当てて承認起動した。呼び出されたのはこの辺りの筈だ。

（でも、何でこんな奥まったところに？　広間に戻るにしても手間だし、どこかの部屋に賓客でも

招き入れてるのかしら？……もしくは、純粋に怒られるだけとか）

「……あ、わっ!!」

ぱたぱたと走っていたところに、急な転移で割り込まれたので、ユージィンはスイに激突する形で足を止める。勿論、直前でふわりと抱き止められたので、顔面強打は免れた。

「走る時に前を見ないのか」

「進路上にいきなり転移されれば避けきれません！」

控えめな抗議をしていると、スイが妙に不機嫌なことに気付いて語尾が小さくなる。

傍について歩いていることは多いものの、こうして腕の中におさまることは滅多にないので、落ち着かない気持ちで身じろぎした。寸前で友人の忠告を思い出して目線を彷徨《さまよ》わせるのだけは何とか避ける。

背筋に嫌な汗をかきながらもじっと見上げていると、微かに息を吐く音が聞こえた。

「鉱石の資質だな」

「……え？　あ、ドレスですね。琥珀を紡いだものみたいです」

「結晶化した鉱石を紡げる職人は少ない。琥珀を扱える職人は共和国にはいなかった筈だが」

「…………輸入品だったと思います」

「ダルテではきかないな。渡した準備金では足りなかっただろう」

ダルテという単位に茫然としていると、嫌そうに目を細めて見返された。

アールの火を淡く焚《た》いたシャンデリアだけの光源で薄暗い廊下でも、それ自体が光を放つような鮮やかな瞳に射竦《いすく》められて、ユージィンはごくりと唾を呑む。どうしてスイは、まだこの拘束を解かないのだろう。

（ダルテ……、中産階級の商人の年収に匹敵する通貨単位なんだけど……）

「………貰いものなんです。友達が今夜の為に作ってくれたもので」

その途端に空気が冷え込んだので、ユージィンは目を瞠ったまま、ぎりぎりと眉間の皺を深める。

本当は背中を向けて逃走したいくらいの心境だったが、何とかそれだけに留《とど》めた。

「誰からだ？　分不相応な贈り物は、贈賄目的のこともある」

「贈賄だなんてそんな！　暇もお金も持て余していて、金銭感覚も破綻してそうですし、本人はそこまで深く考えていないと思います。……えっと、ルゼリア卿からなんですが、……っつ！」

素材を確かめる為なのか、指先でドレスをなぞられて、ぎくりと体を強張《こわば》らせる。

（……お願いだから、血晶石の存在には気付かないで……！！！）

だが、その願いも虚《むな》しく、スイが見逃す筈もなかった。

「ディナ・シー、妖精の王族の血か。森の加護はこの土地には不似合いだが、宝石としての価値は計り知れない。これだけのドレスを贈られておきながら、友人とは無邪気なものだ」

「……あの、……ごめんなさい」

常々、総督府に名前を連ねることの注意事項は言い含められている。

冷ややかな指摘に耐えきれずに視線を落とすと、素直に謝った。友人達の悪ふざけを止められなかった責任は自分にもある。

（……でも、こんなドレス初めて見たから、あまりにも綺麗で嬉しくて）

アロイスの指摘通り、ユージィンは綺麗なものや可愛いものに弱い。そういうものに遭遇すると、理性が崩れて判断を誤ったりすることも多々あった。

現に今も、怒られている真っ最中のくせに、目の前のスイに触れてみたいという場違いな欲求に、内心頭を抱えていた。

指先を握り込んで怖々と見上げると、スイは目の奥の苛立ちはそのままに、唇の端だけで微笑んでいる。そんな彼からは、自分自身の力を分かっている者らしい愉快さを感じた。

彼が認識している自分自身の美しさは、女性的な高慢さや虚栄心とはまた違う。王が自分を王だと知っているような、もっと力を所以《ゆえん》とする硬質なものだ。駆け引きに慣れていないユージィンには、あまりにも分が悪い相手だ。

「綺麗なドレスを貰って舞いあがってしまって。……返した方がいいですよね」

少しだけ抵抗してみたのだが、スイの気配に変化がないのを見てユージィンは項垂《うなだ》れる。

（……だって、今日はリベルフィリア）

特別な日だったのに。そんな不満を胸の奥で、くつくつと震えさせる。だから、何も知らないアロイスがドレスを贈ってくれると言ったとき、ほんとうに嬉しかったのだ。悲し気に項垂れたユージィンを一瞥《いちべつ》して、スイは苦々しい表情で一度目を閉じた。

「しばらくこちらで預かって、術式の洗浄をかけておこう」

予想外の返答に、ユージィンはぱっと顔を上げた。

てっきり返却を強要されるとばかり思っていたのだ。ついつい、安堵の喜びにほんわりとした笑顔になってしまってから、慌てて表情を引き締めていると、唇の端に何かが触れた。

（………ん？　指！！！！！）

そろりと視線を向け、そのまま固まる。

「幼いのか、挑発的なのか、判断に苦しむところだな」

いつもしている手袋を外して、スイが親指で唇の端に残っていた口紅を拭ったのだ。

ケーキを食べた際にすっかり落ちたと思っていたが、唇の端に僅かに残っていたらしい。初めて触れる肌は、じわりと暖かい。手の甲の魔術契約印を隠しているエイダーとは違って、理由は分からないけれど、出会ったときからずっと、スイが素手で誰かに触れているのを見たことがなかったのに。

「……っつ!!」

そのまま指先を頬に添えられて、脳内の情報処理量を超えた行為にユージィンは絶句した。

先程よりも距離を詰められたせいで、スイの腕の中にいるユージィンには彼の表情が見えない。

だからその時、ユージィンはスイが短く息を呑んだことには気付かなかった。

(…………え、何で? 何で終わらないの? いつまでこの体勢なの!?)

しばらくして、不自然な沈黙に耐えかねて、思わずその胸に両手をかけて顔を上げれば、身を切る程に鮮やかな瞳が目を瞠りつつこちらを見下ろしていた。

驚きというよりも遥かに深く、茫然としていると表現しても差し支えがない程の様子に、ユージィンは密かに恐慌状態を深める。

「ス、スイ、……どうしたの?」

あるかないかの微かな躊躇《ちゅうちょ》。遠くに聞こえるのは、花火の音だろうか。その充分な沈黙を挟んでからやっと、スイは口を開いた。

「……いや、」

瞳にはまだ奇妙な光がある。鋭すぎる感情の織りの意味を計り兼ねて、ユージィンはその胸に当てた両手を不自然にならない程度にささっと外す。

明らかに逃走の手はずを整えているのが分かったのか、スイが片眉を上げた。

(あの時の表情に似てる)

薄暗い聖堂でこちらを見ていた。幾つかの選択肢を吟味し、何かを思案している眼差し。見せかけ通りのものではないと分かっていても、守護者の彼が何を考えているのかは分からない。

「あの夜にエンドベルデでお前を拾ったとき、迷い込む前は、どこに行こうとしていたんだ?」

唐突に、そんなことを訊《き》かれた。

「目的地はなかったんです。……転移門を使ったら、あの森の中に」

「目的地なく転移門は使わないだろう」

スイがこの上なく不審な様子なのは当然だ。法外な値段の携帯用転移門がある。ユージィンが使ったのはそれだ。

「友人に携帯用の転移門を持たされていたんで、……レイマーレイに行く前の願掛けみたいなものだったんです。どこか、私が行くべきところって念じて門を展開して、……存在が安定してないのを考慮してなかったせいで、酷《ひど》い目に……」

「行くべきところ、か」

スイが口にしたのはそれだけだった。

優美な口元のカーブで、なぜだか彼の機嫌が良くなったことを知り、ユージィンはますます混乱する。

（な、何で？　何でこのタイミングで、そんな質問が来たのかしら？）

大混乱中のユージィンに気付いているだろうに、その話題はそのまま打ち切られた。

「食事はきちんと出来たのか？」

「えっ、今夜？　あ、ええと、……ケーキは食べました。お料理の方は、元老院の方々やお客様がいっぱいいたんで、部屋に帰ってから何か食べればいいやーって」

「執務スペースのどこかで、食事にするか」

「食事……？」

「外に出たいのか？」

呆れ顔で訊き返され、ユージィンはぶんぶんと首を振った。別に食事の出所に難癖を付けているわけではなくて、展開についていけないだけだ。


「ご飯があるなら、どこでもいいです！」

（ああっ、そうじゃなくって！！！）

返答を間違えて視線を彷徨わせた瞬間、今度は体が浮いた。

「わあっっつ！！！　スイ!?」

「そのドレスで転移をかけると、別の空間にもっていかれかねないぞ」

「そうなの？」

びっくりして見返したのに、何故だか嫌そうな顔をされた。

片腕で子供のように抱き上げられた体勢の不安定さに、おっかなびっくりスイの肩に両手を乗せる。さすがに抗議しようと見上げた先の、目を伏せるようにして深く微笑むスイの表情に、ユージィンはわけも分からずにはっとしてしまった。


どうして彼は、胸が痛くなる程に幸福そうに笑うのだろう？


手を伸ばしかけていることに気付いて、慌てて手を引いた。

室内にこれといった明かりはなく、テーブルの上に一つだけあるクレヴィオスの花がランプ代りになっている。薔薇に良く似た細やかな花がびっしりついた小さな枝は、黄金色の柔らかな炎が燃えるように光り、咲き誇っている。

（スイの執務室は入ったことがある筈なのに、いつもと景色が違う……）

執務中の部屋とは様相が変わっているのは、空間自体が彼の気分に応じて変化するからだろうか。いつもは書架や書類をぎっしり詰めた資料棚になっている壁面がなくなり、アクアクリスタルを贅《ぜい》沢《たく》に嵌《は》め込んだ大きな窓になっていた。窓の外に見える共和国の夜景は絵画よりも美しい。

高価な絨毯《じゅうたん》を敷いた足元も、ヴェルド石の黒色半透明な石床になっており、部屋そのものが随分広く感じる。反対側の壁にある窓からは、雪深い北欧の森のようなものまで見える。変わらないのは執務机だけだ。

「今夜の招待客の中に、カザフソフィアの糸織りが紛れ込んでいるという情報がある」

穏やかな声で切り出された内容に、ユージィンは眉を顰めた。

「……糸織り、……武器の来訪者ですか？」

「ああ。感情を持たない武器は見分けがつきやすいと思われがちだが、糸織りは七年物の老獪《ろうかい》な武器だからな。人間により近い表情を作ることにも長《た》けている。なぜ､この話をしたのか分かるな？」

またしてもぎりぎりと眉間の皺を深めるユージィンに、スイは小さく笑った。

「……もしかして、その武器の探索中に、私の友人達との会話を聞いちゃったとか」

死にそうな顔になっているのは自分でも分かった。今すぐ灰になってこの場から消え去りたい。

「アンブリエ総師とはな。最初に来訪者として落ちた地点で､保護を受けたというのはあの男か？」

「ええ。……最初は、自分がよく分からない他の場所から迷い込んだなんて言ったら、病人扱いされちゃいそうでずっと隠してたんですけど、エイダーはああいう人ですから、いつの間にか仲良くなっていて。ルゼリア卿は元々、エイダーの友達だったんです」

この場にキールがいれば、アンブリエの魔術師こと、エイダー・アシュレイは、いつの間にか仲良くなれるような男ではないと口を挟んでいたところだが、スイは一瞬呆れ顔になっただけにとどめた。

「エイダー・アシュレイから情報を買う必要があるな」

「エイダーが私に話す範囲で良ければいいんですけど、それじゃ総督府としては足りませんものね」

「だが、糸織りの狙いが分かっただけでも収穫はあった」

ひたと、見つめられ、ユージィンは力強く頷いた。ドレス姿のままではということで着替えているので、実はこっそりスカートの下には編上げのブーツを履いていることは内緒だ。武器や旅装などの専門店でしか売っていないようなブーツを持っていることは、スイには内緒だった。

「エレノアに護衛を付けるんですか？　それとも、総督府の中に、特殊な防護壁か何かを構築しているんですか？　何かお手伝い出来るようなことがあればいいんですけど」

「……お前も標的になっていると言われたんじゃなかったのか？」

「あ、……そうでした。でも、私は大丈夫だと思いますよ」

「どうだかな。カザフソフィアには、名無しの予言者がいる」

少なからず、予言のアールを持つ者は多い。

だが、国家に属した予言者で、名前すら知られていない者は非常に稀だ。得てして、高名な予言者程、同業者に名前を特定されがちだ。名前を知られていないということは、それだけカザフの予言者は膨大なアールを有しているのだろう。

（でも、どうしてそのことが、〝どうだかな〟っていう言葉に繋がるの？）

一拍考えてから得心した。

「そっか。私の周囲の防壁が薄ければ、エレノアに対する干渉の突破口にされかねないんですよね。

糸織りは人間も操れるって言いますし、そういう意味ではここも用心しなきゃいけないんだ」

どうにもスイの表情に納得のいかないものを感じたが、ユージィンはそう結論づける。

夜は更けているとは言え、今夜は祝祭の晩だ。浮き立った空気に紛れ、糸織りが何かをしかけてゆくかもしれない。こんなところで呑気《のんき》に食事をしている場合ではないのだろうか。

（……あ、だからこの部屋に隔離されたのかな？）

そう思えば、今までにない破格の扱いにも納得がいく。

「だったら、私はここで大人しくしてますよ？　スイは、エレノアの傍にいてあげた方がいいんじゃ……」

「エレノアの件はキラに一任してある。あいつなら上手くやるだろう」

「心配しなくても、さすがにこんな状況で出歩いたりはしませんよ？　それとも、エイダーか、アロイスのところに短期滞在で避難……」

「お前の守護者は、俺だろう」

静かな声だった。

だからこそそこに真意の見えない苛立ちを嗅ぎ取って、ユージィンはひやりとする。少し前まで機嫌を持ち直したと思っていたのに、また不機嫌になってしまった。

いつも一片の乱れもない整え具合の彼にしては珍しい。内心びくびくとしながら、その苛立ちの種を探ってみる。

（こうも不自然に私の傍にいるってことは、……そうする必要があるから？　もしかしたら、カザフの狙いがスイである以上、囮になるべく傍に置くような来訪者が必要なのかしら？）

「…………痛っ‼」

そう考えていたら、おもむろに指先で額を弾《はじ》かれた。

驚愕《きょうがく》の面持ちで額を押さえたユージィンに、今度こそスイはやけに疲労感の滲んだ溜め息を吐いた。

「勝手に推測して、余計な結論を出したな。……ユージィン、リベルフィリアの長い夜は、まだ終わってないぞ」

長い夜の国と最後の舞踏会

3

A long night country and the last dance.
The lonely duke's daughter and the midnight spirit.

その日、物語の森には朝から雨が降っていた。

大きな窓からは水色の影が落ち、うっとりとするような手触りの結晶樫《かし》のテーブルに庭木の影を落としている。

僅かにざらりとした質感のテーブルは青みがかった茶色で、繊細な彫刻が施されている。庭園の薔薇《ばら》の茂みが見える位置に置かれた、ディアお気に入りのテーブルだ。

読んでいる本の頁《ページ》を捲《めく》る手を止め、ディアは窓の向こうの美しい森を眺めた。

（……きれい）

雲間から差し込む陽光がどこかにあるのか、雨粒がきらきらと光り落ちる。人々に愛された本から生まれる物語の森は、この森のようにうっとりとするような美しい森が多い。祖国の森のどこかひたむきな美しさとは違うのだなと思い小さく微笑《ほほえ》む。


ディアは、公爵家の娘だった。

夜の国の王様の森に囲まれたファーシタルという咎人《とがびと》の国で、ひとりぼっちで生きてきた。

大好きだった家族は、人ならざる者達《たち》に仕えていたことで迷信に傾倒していると危ぶんだ王家に粛清され、第一王子の婚約者だったディア自身も婚約の解消を機に殺されかけていたのは、ほんの数か月前のこと。そんなディアをあの国から出してくれたのは、ファーシタルに国土を貸し与えていた夜の国王様。ディアの一族ジラスフィが仕えていた、真夜中の精霊の王族で夜の食楽を司《つかさど》る王様だ。

人ならざる者達は存在しないとされてきたあの国で、異端なものとして死ぬしかなかった筈《はず》のディアは、幼い頃に真夜中の精霊の舞踏会で出会っていたその王様の手を借りて、祖国を出たばかり。

今はもう、どこにもディアの食べ物に雪水仙の毒を混ぜる人はいなくて、居心地のいい部屋や美《お》味《い》しい食事を当たり前のように用意して貰《もら》える。

そんな新しい暮らしに、まだ慣れないということはない。

ディアは、素敵なものばかりの新しい家にもすんなり馴染《なじ》み、過去の影に脅かされることもなく伸び伸びと暮らしていた。けれども、こんなに静かで穏やかな日にはなんだか感傷的な気持ちにもなって、もう二度と戻ることのない祖国で暮らした日々をそっと記憶の中で辿《たど》ってみたりもする。

（あのままファーシタルで殺されていたら、私は、森の外の世界に人ならざる者達が暮らしていることがどういうことなのかを、知らないままに死んだのだろう……）

何しろ、咎人としてあの国に閉じ込められ魔術を奪われたファーシタルの人々は、もう二度と戻れない外の世界を忘れる為《ため》に、この世界には人ならざる者達などいないことにしてしまったのだから。

それは、失ったものを初めからなかったことにする為に吐《つ》いた王家の嘘《うそ》から始まり、近年では勢力を強めた教会勢力は、それが嘘だと知りながらも国民達を欺き続けてきた。

でも、ディアはもう、祖国の人々が怒らせた死の精霊から逃れる為に夜の国の王様の土地に迷い込んだことや、その罪とは無関係だった一族末席ジラスフィ家が夜の国の王様と交渉し、ファーシタルという国を興すことを許されたことなどを知っている。

そして、長年夜の国の王様に仕え続けたジラスフィを粛清し、ジラスフィ最後の娘となったディアを殺そうとしたことで、ファーシタルは人ならざる者達から制裁を課されている。

人ならざる者達と交わした約束を決して違《たが》えてはならないという、戒めにも似た物語の結びに、ディアはノインの庇護《ひご》を得てあの国の外に連れ出して貰った。


（これが、物語本のおとぎ話であれば、そこまででお終《しま》いと言えるのだけど）


でも、現実にはそうはいかない。

ディアは今、ファーシタルで生まれ育ったことで背負った、沢山の不自由を抱えて生きている。

対価として魔術を差し出して生きてきたせいで、ディアは国の外では一般的な魔術というものに対する耐性がとても低い。ノインの作ってくれる食事を摂《と》りながら体質の改善を続けているが、夜の食楽の王がこれは深刻だなと頭を抱えるくらいであったので、短期間でどうこう出来るものではないのだろう。

加えて、これまで触れることの出来なかった世界の常識を必死に学んでいくと、覚えることと、間違って覚えさせられたことの多さに途方に暮れざるを得ない。

おとぎ話のめでたしめでたしの後に、こんなに大変なのだと思うのは、何も今日ばかりではなかった。

（ノインは、そこまで根を詰めなくていいと言ってくれるのだけれど……）

子供の頃のディアの初恋の人だったノインは、今は体を丈夫にするだけでいいと言ってくれる。

家族の復讐《ふくしゅう》を果たす為に死ぬつもりだったディアに、これからしたいことを考えるようにと言ったのはそのノインなのだが、それはあくまでも願い事としての提案であるらしい。

ディアも、楽しいことだけを考える、それだけでいいのだと暫《しば》くは思っていた。

（でも、ここでノイン達との新しい生活が始まると、考えを改めざるを得なかった。……私は、私という人間のこれからを考えていかなければいけない。そして、その為に必要なことを調べていくと、楽しいことを考えているばかりでは……足りないのだわ）

ディアはとても欲張りなので、願い事は沢山ある。

だが、これからの暮らしで必要な学びを得ている内に、それでは足りないのだと気付いてしまった。

人間は多分、与えられると嬉《うれ》しいものも沢山欲しいのだが、自分が出来ることも必要なのだろう。

（……ただ、私がそう感じてしまうのは、ファーシタルの民だったせいでもあるのだとか）

家族のいないディアの後見人になってくれた夜明かりの妖精によれば、高位の人ならざる者の寵《ちょう》愛《あい》や庇護を受ける人間は、それだけを成果として良いらしい。

高貴な存在からの恩寵《おんちょう》を得ることは、全てに勝る功績とされる。

（だから、一緒に生きていく為に、私にも何か出来ることが欲しいと考えてしまうのは、私が、人ならざる者達は存在しないというファーシタルの価値観を引きずっているから）

そこまでを考えると、本当はきっと、この暮らしを与えられただけで満足しないのは我儘《わがまま》なのだ。

充分に幸せな筈なのにまだまだ学びが足りないと焦ることも、充分な庇護を与えてくれているノイン達に対しては、失礼なことなのかもしれない。

（怖いと感じてしまうことは、……ノイン達を、傷付けてしまうことなのかしら）


「……お嬢さん、どうしました？」

いつの間にか後ろ向きな思考に捕らわれかけたところで、ディアは、向かいに座った同居人から声をかけられた。ぎくりとして顔を上げると、こちらを見ていた水色の瞳を細め、はっとする程に美しい魔物が薄く微笑む。

「その本に分からない言葉があれば、俺に訊《き》いてもいいですよ。これでも、お嬢さんの何倍も生きているので、その時代の書物であれば知らないことはないでしょうからね」

そう提案してくれたのは、向かいの席に座って頬杖《ほおづえ》を突いていた剣の魔物リーシェックだ。

この屋敷に移り住んだディアに、ノインが護衛騎士としてつけてくれた剣の魔物である。

ノインが司る食楽というものはとても忙しい系譜であるようで、ディアと一緒に暮らすようになってもそれまでに詰め込んであった仕事がまだかなり残っているらしい。今後は、ディアが新しい生活に馴染むまで仕事の量を制限してくれると話していたが、今はまだ、王としての仕事で不在にすることもある。ディアの後見人になってくれた夜明かりの妖精のディルヴィエも、ノインの侍従である為に共に不在にすることが多いのは避けようがない。

それを危惧したノインは、このリーシェックを護衛騎士につけてくれたのだ。

「本の内容というよりも、学ぶことが多過ぎて焦ってしまうことが、あまりよくないのかなと考えていたところでした」

「うーん。それは仕方がないと俺は思いますけれどね。作法や常識がまるで違う外界に放り出されたんですから、多少の焦りや不安はどうしても感じるでしょう。何しろ、今は多くを望まずに好きなことだけをして、幸福でいるようにと望むノイン様の言い分も、実に精霊らしい我儘さですからね」

「……そうなのですか？」

（……ノインも、我儘なのかもしれない？）

それは、初めて気付いた観点だと目を瞬《しばたた》いたディアに、リーシェックは生真面目に頷《うなず》いてみせる。

「精霊は囲い込むのが好きで、ディルヴィエはそうは見えませんけれど、妖精は基本的に甘やかすのが好きです。竜は、懐くとずっと後ろをついてきますよ」

「ずっと……」

「そんな種族性の違いを理解して、相手の要求に押し潰されませんよう。自分を生かす為の欲求は、これが欲しいのだと丁寧に主張することを推奨します。何しろ、心の問題は拗《こじ》れると厄介ですからねぇ」


にっこり笑ってそう言ってくれたリーシェックの、癖のある淡い金色の髪に牛乳をたっぷり入れた紅茶色の肌にも、窓の外の雨影が落ちる。冬の湖のような水色の瞳はいつもきらきらしていて、直前まで居眠りをしていたのでいつもならかけている鎖付きの眼鏡は外していた。

砂漠の国の魔術師のような黒の装束は、細やかで美しい刺繍《ししゅう》模様が見る角度によって金色にも銀色にも見える不思議な生地だ。ノインに仕えてはいるものの、単身でも侯爵位に相当する階位の高い魔物だというリーシェックは、自堕落な言動に誤魔化されやすいが仕草の一つ一つがとても優雅な男性だ。

最近はすっかり仲良しになったので見過ごしがちだが、こうして近くで見ていると、ああ、人ならざる者なのだなと思ってしまう。

（……そうか。それでもいいのだわ。私の考えはファーシタルの外の人間に比べて随分と偏ってい

るけれど、そもそもノイン達とは種族が違うのだから、こちらの考えを伝えることも大事なのかもしれない）

「そのような考え方は、思い付きもしませんでした」

「物思いの天秤《てんびん》は、一度下向きに傾くと自分では気付き難いですからね。ほら、俺は護衛ばかりではなくて、こんな人生相談でも優秀でしょう？」

給金をすぐに使い果たしては、外での食事の支払いをつけにしていつも叱られているリーシェックだが、こんな風に話をしていると頼もしい年長者という感じがする。面倒を見てくれる人がずっといなかったディアは、何だか新しく兄が出来たような少しだけ擽《くすぐ》ったい思いで、その助言を有難く受け取った。

「ねぇねぇ、お嬢さん。だとしてもそろそろ退屈してきませんか？　ノイン様に、軽食かケーキでも作って貰いません？　俺としては、焼きたてのパウンドケーキなんかがお勧めなんですが」

「……もう少し待てば昼食ですよ？」

「俺の護衛対象が、冷酷過ぎる……」

「確か、今朝の朝食も三人分くらいはいただいていましたよね？」

「それ、いつのことでしたっけ……？　もう、何も残っていませんよ……」

悲しげにそう言うと、だらしなくテーブルに伸びてしまったこの魔物は、とても食いしん坊だ。

（最初の頃は、紹介された時にはとても親しみやすかったのに、どうしていつも私の食事やおやつを盗むのかが分からなくて、本当は嫌われているのかなと思ったけれど……）

だが、この剣の魔物は、ノインの前に仕えていた主人に呪われてすぐに空腹になるらしい。

あまりにも頻繁に食べ物を奪われるので、ディアは、リーシェックに、ノインが自分を連れて来たことを怒っているのだろうかと訊いてみたことがある。もし、ディアが自分の主人には相応《ふさわ》しくないと腹を立てているのであれば、早めに話をしておいた方がいいと思ったからだ。

その結果、ディアがそんなことを考えていたのかと驚いてしまったらしいリーシェックは、慌てたように呪いのせいですぐに空腹になるのだと説明してくれた。いつもは飄々《ひょうひょう》としている剣の魔物が可哀想《かわいそう》なくらいにおろおろしているのを見て、ディアはこの魔物に心を許し始めたのかもしれない。

側《そば》にいてくれると嬉しいノインやディルヴィエに対し、リーシェックは、一緒にいても気を遣わない相手だ。上手《うま》くやっていけそうかと尋ねてくれたノインにもそう打ち明けると、この剣の魔物が前の主人の下で守っていた人物は、ディアと同じ年頃の人間の少女だったのだとこっそり教えてくれた。

（……その方はもう何百年も前に亡くなっているようだけれど、だからリーシェックさんは、人間に何かを教えるのが上手なのかもしれない）

或《あ》いは、その時に仕損じた何かを、ディアのところで取り返そうとしているのかもしれない。

守っていた少女の父親がかけた呪いを背負い続け、時々ディアを額縁にして遠い誰かを眺めるような目をするリーシェックは、思った以上に複雑な男性なのだろう。けれどもそれは個人的な問題だ。だからディアは、知らずにいて問題が起こらないようにとその情報を教えてくれたノインに感謝しつつ、護衛騎士の過去には踏み込まないようにしていた。

「その本は、面白いですか？」

「ええ。私の先祖が暮らしていた国の歴史なのですが、その国には、昼の時間や太陽への信仰があったようです。初めて知ることばかりなので、とても興味深いです」

「大国でしたから、地域によって信仰の対象にもばらつきがありましたが、王都では黎明《れいめい》の精霊への信仰がありましたね。あの連中は見た目だけなら清廉で美しいので、人間には分かりやすかったんでしょう」

「まぁ。そうなのですか？……ここに、王都を守護していた聖なる黎明の乙女達という説明がありますが、これが黎明の精霊のことでしょうか？」

読んでいた本を開いてみせると、リーシェックは体をこちらに近付け、指差したところを読んでくれる。

「どれどれ。……ああ、まさにこれですね。黎明の精霊は、お嬢さんと同じ年の頃の美しい乙女達です。見た目がそんな感じなのと、綺麗事《きれいごと》を言ったり誰かに指図するのが大好きな面倒臭い連中なので、人間が考える聖なるものに近いんだと思いますよ」

「……リーシェックさんの説明だと、あまりいい存在には思えませんね」

「そう考えておけば間違いありませんね。もし、黎明を名乗る者とどこかで出会ったら、絶対に一人で関わらないで、誰か呼ぶようにしてくださいよ。どうもノイン様に懸想してる黎明の精霊がいるようですから、そいつがお嬢さんを見付けると面倒なことになりかねません」

「……ノインに」


黎明の精霊は美しいと聞いた後だったので、ディアは小さく息を詰めた。

ノインからはいずれディアを伴侶にするつもりだと聞いているし、ディアもノインのことは好きだが、現段階では恋というにはまだ未熟な関係である。何しろ、ノインにとって自分は、興味深いけれど死んでも構わない相手だと考えていた時間が長かった。大事にされるだけで満腹になってしまうので、これからじっくり許容量を増やしていこうと思っているところなのだ。

こんな状況なのに、もし、黎明の精霊などが出てきたらどうすればいいのだろうと考え、ディアは震え上がってしまった。そちらの方面での戦いとなったら、勝てる気がしない。

「ほら、あの方はそれなりに好条件ですから。とは言え、幸いにもその手の好意に鈍感な方ではないので、ノイン様ご本人がいれば、そんな連中をお嬢さんに近付けたりはしないでしょう」

「よ、よかったです。私は苦手な分野なので、どうしようかと思いました」

「そちらの方面も、まだ育成中ですからねぇ……。とはいえ、ノイン様は人気がありますよ。嫌な言い方になりますが、過去にそれなりに相手がいたことと、引き続き声がかかり続けることは承知しておいた方がいいかもしれませんね。何しろ、食楽の王ですから」

「確かに、……ノインは、王様なのに、美味しいものをあっという間に沢山作れますものね」

「でしょう？　部下としての目線になりますが、あの方の魅力を語るのにそれは外せませんね。この世に二人といない逸材ですよ」

「ノインの作ってくれるジャガイモのパイは、世界で一番美味しいに違いありません。となると、それを狙う女性達も多いのでしょう……」

「この前食べた、苺《いちご》を使ったパウンドケーキも美味《うま》かったですよ。あれをもう一度頼みません？」

「……私は食べていません」

「……苺というのは、俺の勘違いでした」

「ま、また、私用のおやつを盗みましたね!?」

よりにもよって、ディアの大好きな苺のお菓子である。

荒ぶったディアが椅子から立ち上がると、リーシェックは、露骨にまずいぞという表情になった。

「……なんだ、また何か盗んだのか」

「ノイン！」

そこに現れたのは、仕事の引継ぎがあって自分のお城に戻っていたノインだ。

振り返ったディアは、慌てて苺のパウンドケーキを盗られたことを言いつけた。

「……ほお。最近、用意しておいた菓子が減るのはなぜだろうと思っていたが、あれもお前か」

「い、いや。……ええと、お嬢さんが美味しく食べられるかどうかの、味見みたいなものですよ」

「お前のせいで、何度ディア用の菓子類を作り直していると思っているんだ!?」

「お嬢さん、俺は外の見回りに行ってくるので、宥《なだ》めておいてください」

「リーシェック!」

「……に、逃げました!」

こんな時、戦い慣れしている剣の魔物は行動が早い。

あっという間に逃げていってしまった護衛騎士に、ディアは怒りに震えた。

「ったく、……いい加減、呪いの上限を超えて食うのをどうにかさせないとだな」

帰ってくるなりパウンドケーキの盗難事件を知ったノインは、額に手を当てて溜《た》め息《いき》を吐いている。そんなノインにふわりと頭を撫《な》でられながら、ディアは、気になる言葉を拾ってしまった。

「私の食べ物を盗むのは呪いのせいだと聞いていたのですが、違うのでしょうか?」

「食楽を司る俺の部下なんだぞ？　当然、呪いに足りる分量は、計算して切らさないようにしてやっている。お前の菓子類を盗み食いしているのは、単純にあいつの食い意地が張っているからだ」

「だ、騙《だま》されていました……！」

あんまりな事実にわなわなしていると、なぜか、こちらを見たノインがふっと微笑みを深めた。どうしたのだろうと首を傾《かし》げたディアに、上着を脱いで魔術でどこかに片してしまったノインはとんでもないことを要求する。

「さて。面倒な仕事を終えて帰ってきたんだ。もう少し分かりやすい歓迎はないのか？」

「!!」

最近ノインは、この遊びでディアを翻弄するようになった。

それ以前にも、ディアが復讐に向かう隣で本心が見えないような意地悪を言うことが少なくなかったのだが、こうして大切にしてくれるようになってからは、意地悪の方向を変えたようだ。

先程リーシェックと話したばかりだが、ディアが、この手のやり取りが苦手だと知っていて揶揄《からか》うようになったのだ。

「どうした？」

艶《あで》やかに微笑んでこちらを見ている精霊の美しさと男性的な色香に困り果て、ディアは、一緒に出掛けた筈のディルヴィエの姿を捜してしまう。それに気付いたノインが呆《あき》れたような目をしたが、やはり今のディアにはまだ、この界隈《かいわい》の会話は荷が重い。

助けてくれそうな後見人が見当たらないので、じりりと後退したが、無言で眉を持ち上げて微笑んだノインにすぐに捕まってしまった。そうなると、途方に暮れてディアは、追い詰めてくる本人に助けを求めるしかなくなる。

「……どうするのが正解なのでしょう？　苺のパウンドケーキを、もう一度焼いて貰うのがいいのでしょうか？」

「……なんでそうなるんだ」

「ディルヴィエさんから、精霊さんは食事をふるまうのが、……その、……愛情の証《あかし》だと聞きました」

「ほお？……愛情の証だから、それを求めるべきだと思ったのか？」

にやりと笑ったノインにそう問い返され、ディアはたまらずに真っ赤になってしまった。

「い、意地悪です！」

ひょいと片腕で子供のように抱き上げられながら、意地悪な精霊の胸をばすばすと叩《たた》くと、ノインが小さく笑い声を上げる。そんな風に傍《そば》にいてくれるのが嬉しくて温かいのに、最近のディアはなぜか恥ずかしくて逃げ出したくもなるのだ。

「……ディア？」

きっとノインは、とても手慣れている。

それを分かっていてこんな風に優しい声で名前を呼ぶのだろう。

（生きてきた時間があまりにも違うから、手慣れていることを悲しいとは思わないけれど）

ただ、どうすればいいのかが分からずにそろりと顔を上げると、どこか満足気な微笑みを向けられてまた目を逸《そ》らしてしまったディアは、自分にはこちらの経験値も圧倒的に足りないではないかと唸《うな》りたくなってしまった。


「……お帰りなさい、ノイン。思っていたよりも早く帰ってきてくれて、とても嬉しかったです」

「……それは、俺以外には言うなよ」

「何か、お作法的にまずかったでしょうか？」

「物騒だからな」

「物騒……？」

精一杯捻《ひね》り出した言葉はどうやら不正解のようだったが、ノインがもう意地悪な目をしなくなったので、ディアはほっと胸を撫で下ろした。

（どう物騒なのか、後でディルヴィエさんに訊いてみよう……）

「それで？　俺が出かけた後は、何をしていたんだ？」

「ディルヴィエさんから借りた、歴史の本を読んでいました」

抱き上げられたままなのは解せないが、こんな風に話をする時間が大好きなのでついつい沢山お喋《しゃべ》りしてしまう。

ノインと話しながらもう一度窓の外を見たディアは、雨に濡《ぬ》れた庭の薔薇の花影に小さな鼠《ねずみ》姿の妖精を見付け、あまりの可愛《かわい》さに唇の端を持ち上げた。そろそろ、雨も上がりそうだ。

冬にファーシタルを出立して入った物語の森は、晩春を終えようとしていた。

◇

その日、ノインは一人の魔物を伴って夏至祭の森に向かった。

同行したのは、ここ百年程仕えているシャムシールを司る剣の魔物、リーシェックだ。

階位だけでいえば部下の中でも第二席にあたる男だが、何かと問題を起こすので執務面にはあまり関わらない。とはいえ今日ばかりは、この魔物を同行しなければならない理由があった。

（こいつを部下にしてから、夏至祭の領域に連れて来るのは初めてだったな……）

元々リーシェックは、ノインが兄のリカルと共に参加した真夜中の精霊王の舞踏会で拾ってきた魔物だ。

あの場に兄弟の誰かを殺しに来たような気もするが、身に持つ呪いが食楽の系譜のものなので気になって目を留めた際に、あんまりな食べ合わせで料理を食べていたので声をかけずにはいられなかった。

そして、正しい食べ方を指導している内に、なぜか部下になっていたのだ。

「リーシェック」

こうして呼び止め、同行を命じると胸に片手を当てて一礼した魔物を、今でも武官ではなく文官だと思う者は多い。軽薄に見られることも多い独特の人懐っこさと、戦闘などの行為に長《た》けた者には見られない、眼鏡をかけていることがその理由だろう。

（まぁ、実際に丸くなったからな。これが、俺の城に来たばかりの頃だったら、どれだけ有用でも夏至祭の庭になんぞ連れては行けなかったが。今年の夏至祭に備え、ディアを守る為には絶対に必要な男だが、当人の準備が出来ていなければどうしようもなかった）

だが、彼にその覚悟をさせるのは、きっと自分ではなくディアなのだろう。

ノインは、リーシェックが、とある王女を守り切れずに喪《うしな》ったのが夏至祭の夜だと知った上で、これから訪れる二十年に一度の白夜の夏至祭に向け、備えをしなければならなかった。

「俺をご指名ということは、護衛ですかね」

「まぁ、そのようなものだな」

「最近は少し運動不足でしたので、国や街を殲滅《せんめつ》するのであれば喜んでお供しますけれど？」

「……今日は俺の護衛だ。くれぐれも、訪問先で問題を起こすなよ」

こちらを見て機嫌よく笑う瞳は、表情程には柔和ではない。

食楽の系譜に入るまでは、冷徹で残忍だと名を馳《は》せていた魔物の瞳は、どれだけ表情を変えても、いつだってよく磨かれた剣先のように冷え冷えとしている。

（だからこそ、ディルヴィエはリーシェックをディアの護衛騎士に命じることには、反対していたのだろうが……）

だが、この魔物の現在の主人としての目で見れば、リーシェック以外には考えられなかった。この魔物の気質に何の憂いもないといえば嘘になるが、それは、剣の魔物が任務に忠実かどうかとはまた別である。そして、何よりも大事なことが一つある。

（そもそも、俺達は人間という生き物の扱いを間違え易《やす》い。そんな中で、同族の中でも格段に脆《ぜい》弱《じゃく》な今のディアを守らせるには、あいつの感情を慮《おもんぱか》ることが出来る護衛が必要だ）

これまでに多くの人ならざる者達が、召し上げたお気に入りの人間を守りきれずに喪ってきた。

夜の食楽の王として多くの宴《うたげ》に顔を出すノインは、そんな話を何度耳にしただろう。

よくある話なのだ。

だからこそ、絶対に間違える訳にはいかない。

そう思うノインにとってリーシェックは、思いがけず自陣の中で得られた、貴重な経験者でもある。

「ふむ。行動を共にするということは、食事も込みの任務だろうな……」

「……毎回思うんだが、俺はお前にそれなりに法外な給金を支払っているんだぞ。都度の食事に困る前に、使い方を考えて生活しろ。それと、あいつの菓子を盗むな」

「はは、嫌だな。空腹になるのは代価なので、仕事に見合っただけの食事が必要だとご存じでしょうに」

「三年前に貪食の系譜の城を落とした際に、お前のその代価とやらの配分を観察していたが、充分に足りる筈だ」

食楽の系譜は、無駄を嫌いはするが、数ある夜の系譜の中でもどちらかといえば豊かな領域だ。必要なだけのものを制限するつもりはないのでそう言えば、リーシェックは、黒い長衣を揺らしてぎくりとしたようにこちらを見た。

「不思議なんですが、あの頃より、負担が大きくなってきたんですよ……」

「ほお。俺の資質にかかる食の呪いの負荷を、俺が見誤るとでも？」

「……俺の主人は、変なところで神経質過ぎる。お嬢さんにも、きっとそういう部分は受けが悪い筈ですよ……」

「放っておけ。そもそも、お前がいい加減過ぎるんだ。今日の目的地は、夏至祭の森だ。到着までに心を整えておけよ」

夏至祭という言葉を口にした瞬間、リーシェックがふっと瞳を揺らした。

「……もしかして、行き先が夏至祭の森だから俺を選びました？」

「さあ。そうかもしれないな。……あらかじめ話しておくが、ディアをこちら側に迎え入れるのは、今年の白夜の夏至祭の後にするつもりだった。だが、ファーシタルの人間共のせいでこの時期に国から出すことになっている。くれぐれも、夏至祭の森で仕損じるなよ」

そう言い含めると、リーシェックはただ微笑んで頷いた。

（……成る程な）

今の忠告を無言で呑《の》み込んだのであれば、リーシェックは既にディアを気に入っているのだろう。

やはりこの男を騎士に任じて良かったと思いながら、転移用の門に向かった。


「やあ、ノイン。久し振りだね」

ディアが暮らしている物語の森の屋敷と繫《つな》がないよう、食楽の城を経由して夏至祭の森に到着すると、森の入り口でおっとりと微笑んで迎えたのは祝祭の王本人だった。

「なんでお前がここにいるんだよ」

「おや、久し振りに君に会えるから、思わず出てきてしまったんだよ？」

相変わらずあちこちにふらふらと出掛けているらしく、追いかけてきたと思われる侍従の顔色はあまり良くない。どこか人間達の領域の神官めいたふわりと広がる白い装いは、ここが夏至祭の直轄地である森だからこそ。自身の領地と夏至祭の夜にのみ、夏至祭の王サーレルは白い衣を纏《まと》う。

「それと、僕のお気に入りの剣の魔物が、僕の誘いを無視して、食楽の王に仕えたという噂《うわさ》は本当だったらしい。久し振りだね、リーシェック」

「ご無沙汰しております、夏至祭の王。以後、俺には話しかけないで下さい」

「うーん。相変わらず、当たりがきついなぁ……」

サーレルは、ふくよかな黄金の髪と鮮やかな青緑の瞳をした、夏至祭の森そのものの色を持つ祝祭の王だ。

立場上多くの高位者達とも面識のあるノインの目から見ても、際立つ美貌を持つ男である。その美貌なので怜悧《れいり》な印象にもなりそうだが、いつも人懐っこく微笑んでいるサーレルを、初見の者の多くが優しい男だと思うようだ。勿論《もちろん》そんな筈はないのと、旧知の顧客でもあるので、ノインは、サーレルが悲しげに肩を竦《すく》めてみせても溜め息を吐くばかり。太陽を思わせる色彩のくせに、ひと目見ただけで夏至祭の夜を思わせる男は、これから近付く初夏に向け、首筋半ばまでの短い髪の毛先がけぶるような暗く鮮やかな光を内包している。

（……相変わらず、胡散臭《うさんくさ》い）

ノインはもう一人、色と質は違うがサーレルに似た微笑みを浮かべる男を知っているが、そちらに対しては腹黒いという印象を持っている。対してこのサーレルは胡散臭く、参考までにリーシェックはというと、こちらは面倒臭い。とは言え、高位の連中は殆《ほと》どがそんなものなので、敢《あ》えて気にする程でもないのかもしれないが。

何しろ、サーレルは夏至祭の王である。

楽しく賑《にぎ》やかで、けれども悍《おぞ》ましく恐ろしい夏至祭を治める者が、ただの善良な男である筈がない。

より高位の知己もいるが、ノインの見知った者の中でも直接対立したくはない相手の一人であった。

（……だが、ディアに安全に夏を越させる為には、サーレルを黙らせておく必要がある）

本日の訪問の理由は、今年の夏至祭の宴の料理の発注についてとしてあるが、それもあって、この段階でリーシェックを伴っての訪問としたのだ。

ちらりと隣に立っているリーシェックの表情を窺《うかが》えば、剣の魔物は一刻も早く帰りたいという顔をしているが、夏至祭の王とは何か因縁があると知った上で同行させたので、諦めて貰うより他にない。目的地を予《あらかじ》め告げてある以上、本人も納得済みなのだから。

「今日は、夏至祭の注文の打ち合わせだってね」

「ああ。届いた注文書に、幾つか不備がある」

「おや。それは困った。次の夏至祭は少し特別だから、懸念点は潰しておこう」

サーレルに案内されたのは、水晶天井から見える森の天蓋も鮮やかな会議用の広間だった。

夏至祭の森という名称ではあるが、王であるサーレルはその中に見事な水晶の城を構えている。

外部の者を入れる空間は、人間達の好む温室のように硝子《ガラス》張りの壁や天井を多く用い、この部屋のように森そのものの彩りを装飾として活かしている事が多い。

（……こいつが城に戻っているのは、夜隠しの国に入る準備もあるんだろう）

今年は、二十年に一度の、夏至祭という祝祭が生まれた土地に戻り宴を開く年だ。白夜の魔物の治めるその国を、夜隠しの国という。

（この世界の中で、真夜中の精霊が最も動き難い場所。そして、ディアのような人間にとって最も厄介なのが、その夏至祭の系譜の連中ときている）

かつての夏至祭は黎明の領域の祝祭だったが、とある事件を経て、今は真夜中の系譜に属している。

そうである以上、夏至祭の宴の準備をするのはノインとなり、今年の夏至祭には最も相性の悪い夜隠しの国に滞在する必要があった。

（俺が動けなくなるその間に、厄介な夏至祭の庭の連中がこちらに手を出さないよう、ここでしっかりとサーレルに釘《くぎ》を刺しておく必要がある。逆に言えば、サーレルの言質を取っておけば、何かがあった際にこいつとの関わりが抑止力になる）

テーブルに着きながらそんなことを考えていると、木漏れ日の魔術石が連なるシャンデリアが細やかな光をテーブルに落とし、夏至の乙女達が飲み物を運んできた。

普段であれば、椅子を勧められずとも勝手に座って茶菓子まで要求するようなリーシェックが、今日ばかりは珍しくノインの椅子の斜め後ろに立つのは護衛騎士としては当然の位置取りだが、リーシェックの振舞いとしては珍しい。

（……やれやれ。サーレルとの関係はそこまで拗れているのか）

これはサーレルとの間に相当の確執があるようだなと顔を顰《しか》めそうになったが、今はそれよりも先に、この打ち合わせを終えてしまおう。

「……それで、わざわざ君が夏至祭の森に来たってことは、僕にどんな要求をするつもりなんだい？」

出された紅茶を一口飲んだところで、にっこりと微笑んだサーレルがそう切り出した。

こちらは仕事の話からするつもりだったが、個人的な興味を優先するあたりが夏至祭らしい。

「ファーシタルの人間を、食楽の系譜で引き取ることになった。商会や死の精霊には話を付けてあるが、お前の領域にかかる人間でもあるからな。興味本位に手を出すなよ」

「成る程。僕の性格だと絶対にちょっかいを出すと思って、事前に釘を刺しに来た訳か。さては、君のお気に入りかな？」

「……こちらへの転属が終わり次第、伴侶にする予定だ」

「え。……ファーシタルの人間をかい？」

「既に精霊の料理を与え始めている。こちらの系譜の管理下に保護したばかりだ」

テーブルの向こうでは、サーレルが目を丸くしていた。

本気で驚いているようだが、どこまでが本気なのかは怪しいところだろう。

（ファーシタルでの一件は、箝口令《かんこうれい》が敷かれている訳ではない）

時間の座の最高位である真夜中の精霊に関わる問題は、どちらかと言えば多くの者達の興味を引く話題だ。この男がそれを知らないとは思えない。

（表立って敵対したことはないが、……ファーシタルだからな）

夏至祭は、無垢《むく》な者が好きだが、同時に罪人も好きだ。

とりわけ無垢で愚かな人間を好むので、ファーシタルの人間の犯した罪は、かつてのサーレルを大いに喜ばせたと聞いている。おまけにファーシタルの人間達は、この夏至祭の王とは深い因縁がある。

（これ迄《まで》サーレルがファーシタルの人間を放置していたのは、あの土地が真夜中の精霊の王の一人が管理する土地であり、尚且《なおか》つ、ファーシタルの人間達が、最も厄介な死の精霊の獲物だったからだ）

そうでなければ、この面倒な男が、ファーシタル程の素材で遊ばない筈がないではないか。

（加えて、今回の一件で商会の魔物の管理下にも入ったからな。あの国の人間には、今後も手出しはしないと思うが……）

「君が心配するってことは、その子は身寄りがないのかな？」

「ああ。だが、夜明かりの妖精を後見人に付けてある。お前の好きな天涯孤独の子供じゃなくなったからな」

「夏至祭の庭では、僕を含めて、寄る辺ない子供を好む者が多いからね。早々に手を打ったってことか。残念だな。僕の祝福を授かれる条件を揃《そろ》えているんだから、こちらで引き取ってあげても良かったのに。……だってほら、ジラスフィの子供なんだろう？」

「……サーレル。手を出すなと言った筈だが？」

案の定、話題に上げたことでまずは興味を持たれたようだ。

（そしてやはり、ディアがジラスフィの末裔《まつえい》であることも把握済みか……。とはいえ、ファーシタルの他の人間とは履歴が違うと知っていたのであれば、わざわざそれを教えてやる必要はないか）

だが、ここからは、駆け引きに入らねばならない。

すぐさま牽制《けんせい》すれば、こちらを見た夏至祭の王は鮮やかな色の瞳を細めて微笑んだ。

優しげな微笑みだが、たいそう邪悪に見えるのもいつものこと。

「ジラスフィは、ファーシタルの人間の中でも真夜中の精霊の祭祀《さいし》だった者達だ」

「うん。それは知っているよ。他の連中のように黎明を信仰はしていなかった」

「だったら、手を出すなよ」

「……正直なところ、君は食楽だからね。多くの者達にとって失い得ない祝福を持つ代わりに、特別に悍ましい災厄にはなり得ないというのが、食楽のいいところだ。……でもまぁ、真夜中という時間の座そのものは、ちょっと厄介かな。夜そのものを統べる真夜中の精霊には、僕とて頭が上がらない。何しろほら、夏至祭は夜に属する祝祭だからね」

「だろうな。それに、お前は王だ」

そう言えば、サーレルはまたにっこりと微笑んだ。

見る者によってはこの微笑みを無害なものだと感じるだろうが、この男の気質を知っている者が見ればそうは思うまい。

夏至祭は、華やかで賑やかで、そら恐ろしく享楽的な祝祭だ。

乙女達が花輪を飾る儀式などもあるので、人ならざる者達との接触を持たない人間の領域では、初々しく瑞々《みずみず》しい印象を持つ者も多いそうだが、こちらの領域ではそうもいかない。夏至祭の系譜の者達は、陽気で朗らかだが、その反面、ぞっとする程に美しく残忍でもある。親しみやすい微笑みで獲物を手招きして、祝祭の夜に引き摺《ず》り込んでしまう事も少なくない。

（だからこそ、祝祭の系譜の中では夏至祭が最も扱い難い……）

だが、サーレルは王だった。

賑やかな宴や、華やかな祝祭を好む夏至祭の系譜の生き物達にとって、祝祭が最も力を強める夜の食楽というものの存在は大きい。

「まぁね。僕の系譜の者達は、僕が君と仲違《なかたが》いをしたと知ったら、大騒ぎするだろう。泣いたり暴れたり、そういう感じになる系譜だからね」

「だったら、面白そうだからという雑な理由で、俺の領域の者には手を出すなよ」

「はいはい。そうしておくよ。君はきっと、この忠告をする為にわざわざ僕の森に来たのだろうし」

「系譜の者達にも言っておけよ。何かあったら、次の夏至祭の宴の料理の味は保証出来ないぞ」

「……精霊は陰湿だなぁ。祝祭はきちんともてなさないと災いになるから、やめて欲しいんだけど」

そう言って溜め息を吐いてはいたが、サーレルは念の為に伝えておくよと呟《つぶや》いた。

サーレルは、享楽的な振る舞いや残忍さをも持つ王だが、愚かな男ではない。問題が起こった際に被る被害を考え、ディアへの興味は取り下げたようだ。

（やはり、この段階で夏至祭の森に来ておいて良かったな。……今年が白夜の夏至祭になることを考えると、この程度の口約束は取り付けておく必要がある）

ファーシタルの人間との因縁はさて置き、夏至祭の王には、寄る辺ない者達を守護する役割があるのもよく知られたことだ。

保護というよりは拐《かどわ》かすようなものだが、居場所を持たない者達にとってはその経緯などどうでもいいのだろう。その性質を踏まえると、こちらの界隈の知識が浅いディアなどは、本来であれば恰好《かっこう》の標的だった筈だ。多くの場合は小さな子供などが対象になるのだが、そんな条件をあの年齢で揃えてしまう稀有《けう》さが、どれだけ身を危うくするかは言うまでもない。

とは言え目的であった言質は取ったと一息吐いていると、テーブルに頬杖を突いたサーレルが、リーシェックの顔を覗《のぞ》き込んでいた。

「そう言えば、君はまだ、その呪いを解かないのかい？」

「どうでしょうねぇ。呪われるというのも、なかなか珍しい体験なので。それと話しかけないでいただけますか？」

「何かを悼むのであれば、もう少しいい形があると思うけれど？」

「ははは。俺はあなたが大嫌いなので、訳知り顔で批評されるのはうんざりなんですが」

「おや、これは困った。ノイン、僕はどうやらリーシェックに嫌われたようだ。これでも昔馴染《むかしなじ》みなんだけれどな」

「まず間違いなく、お前の絡み方のせいだろうな。……で、本題に入るが、このいい加減な注文は何だ？」

リーシェックと揉《も》められても時間の無駄なので本題に入れば、サーレルはテーブルの上に置かれた書類を取り上げ、くすりと笑った。

「どれどれ。……ああ、楽しい気持ちになれる、見た目が綺麗《きれい》な凄《すご》く美味しいもの。こういう注文をするのは、妖精達かな。いいじゃないか、宜《よろ》しく頼むよ」

「ほお。全て予算が未記入だが、いいんだな？」

「……それは、ちょっとまずい。真夜中の系譜には、高価過ぎる食材があるだろう？」

「それなら、もう少し具体的な注文に直してこい。そこを手直しするなら、一度受理済みの注文書だが、予算の調整も受け入れてやる」

「ほら、こういう男なんだ。嫌な奴《やつ》だろう？　ノインなんかやめて、僕の剣になれば良かったのに」

「仕事中なので、話しかけないでいただけますか？」

また始まってしまった二人の応酬に、ノインは溜め息を吐いた。

このままサーレルに構わせておくと余計なことを言いかねないので、そろそろ黙らせる頃合いだろう。

「その注文書だけ、後から送り直せ。それと、夏至祭の夜には、森と庭園を開けておけよ」

「夏至祭の夜の宴に相応しい料理の支払いの分だけはね。ああそれと、君が求婚する子の条件を聞く限り、割と面倒な連中はみんな興味を持ちそうじゃないか。……夏至祭で僕に紹介して貰うまでに、誰かに取られてなくさないようにね」

「余計なお世話だ。それと、あいつを夜隠しの国の夏至祭の宴に連れて行くつもりはない」

「それはどうだろう。何しろ今年は、夏至祭が生まれ落ちた国に戻る二十年に一度の宴だ。夏至祭の前後に現れる厄介な連中の数は、通常の夏至祭の比じゃないだろう。そんな状態で君も手を離すよりは、一緒にこちらに連れて来ておいた方がまだ安全だと思うよ」

「そっちの国には、白夜がいるだろうが」

「ああ。彼であれば、夏至祭当日まで国を空ける筈だよ。今年は、二十年に一度の、世界中が白夜の夏至祭を迎える年だからね。外交などを有利に進めることが出来る白夜の夏至祭の年には、いつも外に出ている。これまでだって、当日にしか帰ってこなかっただろう？　それに、夏至祭が近くなると、あちこちで古い魔術の約定や封印が緩み始める。そんな季節に羽目を外すのは、なにも夏至祭の系譜の者達ばかりじゃないからね。……そうだよね、リーシェック？」

「夏至祭の王は、どちらかの腕がいらないらしい」

リーシェックが剣を抜く前に、怖いなぁと笑ったサーレルが姿を消してしまったので、ノインは額に片手を当てて深い溜め息を吐いた。

夏至祭の王は、どうやら最後の最後に余計な一言を残していったようだ。

「……あいつとの関係は知らんが、祝祭に影響が出るような削り方はするなよ」

「黙らせるのは吝《やぶさ》かではありませんが、わざわざ追いかけはしませんよ。面白がらせるだけですからね」

「念の為に訊いておくが、お前の問題で何かが拗れた際に、俺が介入する必要はあるのか？」

そう訊けば、なぜかリーシェックは目を瞠《みは》ってこちらを見るではないか。

いつも飄々としているこの魔物が、こんな風に驚くのは珍しい。


「……まさか、俺があれから不利益を被るようであれば、手を貸していただけるんですか？」

「あのなぁ、俺はお前の主人だぞ？……ただし、手を貸すのは、お前が回避しようがない場合のみだ。祝祭によっては難しい相手もいるが、夏至祭であれば、最も王としての権能を高めるのは真夜中になる。実際には、あいつが思う程、俺一人の手ではどうにもならないという訳じゃない」

「あなたが、そういう申し出をするのはちょっと意外でしたね」

「だろうな。だが、今はお前の戦力を欠くのは惜しい」

「あ。さては、お嬢さんの為ですね……」

「寧《むし》ろ、他にどんな理由があるんだよ」

「そりゃ、俺の主人として、忠義に厚い部下を守る為とか、色々あるのでは？」

「残念だが、その手の感情は、お前がこの前の視察から持ち帰ってきた精算で空になったようだが？」

「……あの土地は、珍しい料理が多かったんですよ。そもそも、その為の視察でしょう」

肩を竦め無言で先程の問いかけの答えを待っていると、気付いたリーシェックがふっと微笑み、胸に片手を当てて深々と一礼した。わざとらしい仕草だが、司るものに付随する要素としていつも男の所作は美しい。

「俺は剣の魔中でも古参の方なので、直接削ぎ落としにかかれば、夏至祭の王程度なら抑えられますよ。……ただ、あの系譜は搦《から》め手が得意ですからね。こう見えて俺はとても繊細なので、そちらの要素から切り崩しにかかられると、後れを取ることもあるかもしれませんね」

「……やけに素直に答えたな」

「どうせ、あのお嬢さんの為に必要な確認でしょう。であれば、懸念点も伝えるのが当然では？」

「その場合、切り崩されかねない懸念点がどこにあるのかも尋ねることになるが、いいのか？」

そう問いかけると、リーシェックは薄く微笑んだ。

「あ、それは嫌です」

「……おい」

「その代わり、あのお嬢さんには、いざという時は、どれだけ不利な状況でも絶対に躊躇《ためら》わずに俺を呼ぶようにと伝えておいて下さい。俺は剣なので、殆どの状況ではその場にいさえすればどうにか出来ますが、……使うのを躊躇われるとそうもいきませんからね」

そう言うからには、そのようなことから仕損じた何かがあったのだろう。

微笑んだリーシェックの瞳に過《よ》ぎった感情から僅かに何かを窺い知れたような気がしたが、掘り下げるのは面倒なのでただ頷くに留《とど》めた。

◇

事件が起きたのは、物語の森に紫陽花《あじさい》の花が満開になる頃だった。

その日、ディアはいつもの窓際のテーブルで魔術書面の勉強をしていて、いつもと違ったのは、たまたま一緒にいたディルヴィエとリーシェックが席を外していたことくらいだっただろうか。ノインは近付いてきた夏至祭の準備で屋敷を空けていたが、珍しくディルヴィエが屋敷に残ってくれたので少しだけ油断していたのかもしれない。

そして多分、ディアはまだ、ファーシタルの外の世界の怖さを正しく知らなかったのだ。

「……ふぅ」

小さく息を吐いて読んでいた本を閉じたのは、ディルヴィエ達が席を外して暫くしてからのこと。ディアが読んでいたのは、手紙や文面の注意表現や禁則事項をまとめた書物である。読みやすく例文などが記載された本だったので歴史の勉強の合間に手を出したのだが、魔術的な作法の難しさに頭が真っ白になってしまって、やはり幼少期から身に着けておかなければならないことが多いのだなとがっくりしていた。

（空っぽの状態で覚えていくのではなくて、一度覚えてしまった作法を塗り替えていかなければならないのが、一番の難点だわ。これが言語や所作であれば、間違えてしまったという一言で済むこともあるかもしれないのに、魔術はそうもいかない。うっかり魔術的な契約を結んでしまうと、そこから自分を損なうこともあるし、その解除すら難しいだなんて……）

どちらかと言えば座学は得意なディアだったが、世界的な常識だからと説明が省かれている部分がファーシタルで身に着けた常識と相反していると、どうして説明が理解出来なくなったのかが分からなくなる。

こんな簡単なことが想像していたよりもずっと難しいなんてと焦りを覚えながら、それでも何とか切りのいいところまで読み、休憩を入れることにした。

ざざんと、窓の外で風が木々を揺らす音が聞こえる。

すっかり新緑の頃よりも色合いを濃くした森は、僅かにもう、初夏の訪れの気配を感じさせていた。

（……今年は、二十年に一度の白夜の夏至祭になるらしいけれど）

青々とした森の景色を眺めながら、近付いてきた夏至祭のことを考える。

少し前に、夏至祭の王と仕事の打ち合わせを済ませて帰宅したノインが、今年の夏至祭は特別なものになるのだと教えてくれた。

夏至祭は、祝祭を担う者達が、毎年様々な国々を回り宴を開く独特な祝祭である。その他の祝祭の多くは、祝祭そのものが生まれた土地や国で祝祭当日の宴や儀式を行うのだが、夏至祭は持ち回りなのだ。

現在、そんな夏至祭の宴が開かれる国は二十あり、二十年に一度、夏至祭が祝祭の起源である夜隠しの国に戻るのだという。そして、夏至祭の入る夜隠しの国を治めるのが白夜の魔物であるが故に、その年の夏至の日には夜が訪れなくなる。

即《すなわ》ち、白夜の夏至祭になるのだ。

（それだけ聞けば、ちょっと大変なのだろうなということくらいは、私にも分かるようになってきたわ）


人ならざる者達は、万能ではない。

各々の資質などに合った環境下では階位を上げ、そうではない状況では階位を下げる。

夜の系譜の最高位である真夜中の精霊のノインにとって、夜であるべき時刻に夜を退ける白夜というものは、ほぼ天敵に等しい相性の悪さなのだとか。

（……それなのに、祝祭のごちそうを作る為に、夜隠しの国に行かなければならないなんて）

そう思うと、小さな不安がまた一つ、胸の中に芽吹く。

ノイン達は、夏至祭のひと月ほど前から始まる祝祭期間に入ると現れ始める、よくない隣人達がディアに害をなすことを心配していたが、ディアからすれば、大きく階位を落とす場所に仕事に出かけるノインの方が心配だった。

今年が初めてという訳ではないそうだし、階位を落としても仕事に足りるだけの力は残しているからと聞いていても、もう二度と大切な人を喪うような思いはしたくない。それが、夜の食楽の王であるノインの仕事であることも、ディルヴィエと、ノインの部下の第二席だという竜が同行することも理解しているけれど、それでもやはり少しだけ心配になってしまうのだ。

（本来であれば、……リーシェックさんも連れて行けたのかしら）

リーシェックの魔物としての階位は、人間でいう侯爵位に相当するらしい。

それを聞いてから、ディアはそんな人材をこちらに割いていることがどれだけノインの負担になるのかを考えずにはいられなかった。おまけに、魔術の所有値が低いのでどこよりも安全なノインの城にも暮らせず、こうして物語の森にある別宅に貴重な人員を割かせている。

ディアは基本的に自分に甘いので、だからといってじめじめと自分を卑下するつもりはないのだが、実際にこの状況がどれだけの負担なのかはどうしても考えてしまう。

大勢の騎士達を引き連れて行動する人間とは違い、人ならざる者達は基本的に少数精鋭だ。

王様であるノインですら、直接連れて歩くような部下は五人程しかいないらしい。

（その中で、ディルヴィエさんは侍従という役割だけれど、人間の国で言う宰相のような役割でもあるみたい）

ディアはまだ魔術的な影響が厳しいということで会えない第二席にあたる竜は、宰相兼将軍のような役割であるそうだ。そしてリーシェックは、ノインの専属騎士のような役割の魔物である。

ディアには竜と剣の魔物のどちらが強いのかは分からなかったが、なんとなく、剣というものを司る者の方が護衛などには長けているような気がした。

「……早く、せめてノインのお城で暮らせるようになってみせるわ」

小さく呟き、ディルヴィエが淹《い》れていってくれた紅茶を飲む。爽やかな青林檎《あおりんご》の香りに頬を緩めつつ、今日の午後はノインが戻ってくるので、一緒に過ごせるようにもうひと頑張りしようと思った時のことだった。


（……え？）

窓の向こうの庭園から、誰かが走り出すのが見えたような気がして、ディアは目を丸くした。

黒っぽい服装で淡い金色の髪が見えたので、リーシェックだろうか。

目を引くような動きに不安になり、立ち上がって窓辺に近寄ったところで、今度は、満開の花をつけている薔薇の花壇の合間から長い黒髪を翻して走り抜けるディルヴィエの後ろ姿が見えた。

（何か、あったのかしら……？）

ただならぬ様子に、また沼地の精霊が現れたのだろうかと眉を寄せたディアは、すぐにそれが、以前に遭遇した、出会った者をべたべたする臭い沼地に落とすだけの沼地の精霊程に簡単なものではないと気付いた。

「……っ!?」

何かに気を取られたのか、はっとしたように立ち止まったディルヴィエが見えた。

そして、大きな茶色い怪物のようなものに飛び掛かられて倒れる。

（……え？）

すぐには理解出来ず、見てしまったものを頭の中で反芻《はんすう》してやっと怖くなった。

「そんな……」

だが、ぞっとして立ち竦んでしまったディアがどんなに窓の外を見つめても、襲い掛かられたディルヴィエが立ち上がってくれる様子はない。リーシェックはディルヴィエよりも先に庭を出てしまったし、後ろに続いたディルヴィエが襲われたことに気付いて戻ってくる様子がないのであれば、誰かが彼を呼び戻すべきなのではないだろうか。

そう考えたディアは、慌てて庭に出ようとして、手前にあった椅子に躓《つまず》いて派手に転んでしまった。足首を嫌な捻り方で痛めたような気がするが、ここで動転している場合ではない。

（で、でも、絶対に庭から出てはいけないのだわ……！　私が出ていけば足手纏《あしでまと》いになるだけなのだから、どんなに怖くても、どんな状況でも、庭からリーシェックさんを呼ぶだけにしなくては……!!)

何度も教えられていた大事なことを思い出し、ディアは、怖さと不安のあまり、その一線を越えないようにしなければと心の中で自分に言い聞かせる。転がるように部屋から駆け出して庭に直接出られる硝子戸《ガラスど》に向かうと、震える手で何度か失敗しながら夜結晶の留め金を外した。

呼吸が少しも整わず、動悸《どうき》の強さに吐き気がする。どうか、どうか無事でありますようにと祈るばかりで、少しも役に立つような思考が働かない。

(だって……)

記憶の中に蘇《よみがえ》るのは、遠いあの嵐の日だ。

ディアの大好きな家族がみんないなくなってしまった日を思い出し、涙が零《こぼ》れそうになる。

「……あ、……ノイン!」

やはり動揺していたのだろう。

ディアは、ここで漸《ようや》くその大事な名前を呼ぶことを思い出し、その声が届くことを祈りながら、庭に出る。ごうっと強い風が吹き抜け、雨待ち風の湿った匂いに不安を掻《か》き立てられながら、ディアは先程ディルヴィエが倒れた方向に走った。

(落ち着いて、落ち着いて。絶対にここで、却《かえ》って足手纏いになるようなことだけはしては駄目よ……。ノインが庭から出なければ結界に守られていると話していたから、絶対に庭から出ては駄

目）

何度も、何度も自分にそう言い聞かせる。

そう理解していたのなら、庭に出たところでリーシェックの名前を呼んでも良かった筈だ。

それなのに、せめて門の向こうの状況を確認したいと思ってしまったのは、遠い夏の日のことを思い出してしまったからだろうか。あの時は幼過ぎて何も出来なかったけれど、今度こそは大切な人達を奪わせてはならない。

（もし、リーシェックさんが引き返せない状態だったら、庭にある鉢植えを投げつければ、ディルヴィエさんが結界のこちら側に逃げ込む隙くらいは出来るかもしれない……！）

いざというときについて、ノインはしっかり説明してくれていた。

内側から何かを放り投げる分には、庭園の結界が壊れないという説明も聞いている。だから、きっと何か出来ることがある筈だと勇んで駆けつけたディアはしかし、門の外に見えたものにひゅっと鋭く息を吸った。

（……そんな。……そんな、だって……）

そこには、小麦色の毛皮を持つ大きな獣のようなものがいて、ばりばりと、何かを引き裂いている。

細やかな青い花の咲いている美しい小径《こみち》には、ディアの大好きな妖精のものだと思われる青い羽が、ばらばらになって散らばっていた。

じわじわと地面を黒く染めていく液体は、本当に黒いのだろうか。もし、それが流れ出た血液だったらと思うと、家族を殺された日の記憶が鮮明に蘇りそうになる。

息が止まりそうになった。


「……っ、あ……」

こんな時、どうして悲鳴を吐き出せないのだろう。


足が竦んでしまい、ディアはその場に倒れそうになった。上手く息が吸えないまま、けれども必死に何か出来ないかと周囲を見回す。そして、この時に呼び戻す筈だったリーシェックの名前を呼ぶのが遅れてしまったことが、その後の明暗を分けた。

（……あれは！）

少しも冷静ではなかったディアは、けれども庭からは絶対に出ないようにともう一度自分に言い聞かせることは出来た。その上で、少し先の門の手前に落ちていた誰かの剣を見付け、せめてそれを門の外に放り投げれば、ディルヴィエが反撃出来るだろうかと考えたのだ。

そして、そちらに向かって駆け出して剣を手に取る直前に、順番を間違えてしまったことに気付き、護衛騎士の名前を呼んだ。

「リーシェックさん！」

　でも、もう遅かったのだ。


「……ああ、引っかかったな」

　ディアが落ちていた剣を拾いながらリーシェックを呼んだのと、ひゅんと風を切る音がして、誰かが耳元で笑ったのはほぼ同時だったのだろう。

　直後、ディアは強い衝撃を感じてどこかに吹き飛ばされる。

「……かはっ、」

　地面に投げ出されて体を叩きつけ、それでもディアは、まだ信じられなかった。

（……そんな。庭を出ていない筈なのに）

　眩暈《めまい》がするような激痛を感じたのは、ほんの一瞬だけ。それはすぐに消えてしまったので、こちらを覗き込む怪物のような大きな影に泣きそうになりながら、庭を出た記憶はないのにどうして庭の外で襲われているのだろうと必死に記憶を辿る。あまりにも動揺していたせいか、自分を襲う怪物に恐怖するよりも、なぜこんなことになってしまったのかが分からなくて怖かった。

　指先を持ち上げようとしたが、体が上手く動かない。先程感じた痛みはもうなかったが、その代わりにじんわりと痺《しび》れるような熱さがあって、視界がぼやけるのはなぜだろう。

「ど、……して」

「剣を拾っただろう。贈り物だ。あれを拾うと、こちらへの招待を受けたことになる」

「……そんな」

そんな作法は、まだ知らない。

そう思って悔しさに泣きそうになりながら、霞《かす》む目で、何かがこちらを覗き込むのを見ていた。

投げ出された衝撃のせいか視界が酷《ひど》く霞んでいて、こちらを見ている生き物の姿はよく見えない。

けれども、明らかに獣の形をしているものが流暢《りゅうちょう》に人語を喋り、呼吸音だと思われるしゅうしゅうという音が聞こえる。そして、こんな悍ましさに似つかわしくない馨《かぐわ》しい花の香りがした。


「お嬢さん!!」

どうしてこんな生き物から素晴らしい花の香りがするのだろうと考えた瞬間、その声が聞こえた。

はっと息を吞みそうになりなぜだか背中が鋭く痛み咳込《せきこ》んでしまったディアは、リーシェックの声が聞こえてきた筈の方向とは違う角度から誰かに抱き起こされ、恐怖にぎゅっと体を縮める。

「もう大丈夫だ。少し痛むだろうが、すぐに治してやる」

「……ノイン?」

「すまない、離れた場所にいたせいで戻るのが遅くなった。治癒魔術をかけたから、もう痛みはない筈だが、まだ視界が戻らないだろう。……抱き上げる間だけ我慢してくれ」

「ノイン！　ディ、ディルヴィエさんが……！　あの獣が、ディルヴィエさんを……」

ノインが来てくれたと思った途端に、ディアは耐え難い恐怖に襲われた。

安堵《あんど》のあまり泣けてしまって上手く伝えられなかったが、それでも何とかディルヴィエを助けて貰おうとすると、なぜか深い沈黙が落ちる。

「……ディルヴィエが？」

「は、羽がばらばらに……なって、あの獣に……っく」

「いや、ディルヴィエはここにいるぞ」

「……え？」

訝《いぶか》し気《げ》な声に込み上げてきた涙を瞬きで払うと、先程はよく見えなかった視界が急に鮮明になる。

そこには、ノインの背後から驚いたようにこちらを見ている傷一つないディルヴィエがいて、ディアは茫然《ぼうぜん》とするしかなかった。


「夏至祭が近くなると森の木陰などから現れる、悪夢を糧とする怪物の一種でしょう。まさか、この時期から姿を現し始めるとは。あのような怪物は、悪夢や幻などで獲物を混乱させることがあります。恐らく、ディア様が見たのはあなたを誘い出す為の幻だったのでしょう」

「……幻」

あの後、ディアを襲った怪物は、駆けつけたリーシェックがすぐに退治してしまったらしい。

屋敷の中に戻ってから何が起こったのかを説明すると、沈痛な表情のディルヴィエがそう教えてくれる。

ディアは捻った足首も含め全ての怪我《けが》を治して貰い、今はノインの膝の上に抱え上げられていた。

普段なら気恥ずかしい体勢だが、今日ばかりはすっぽりと抱き締めて貰っていることに心から安堵してしまう。

「……今回は、俺の失態だ。この屋敷の中から出なければ安心だと思い込まずに、どこかでお前に魔術洗浄をかけておくべきだった」

「ええ。私の方でもその可能性を考慮するべきでした。……これまで暮らしていたのがファーシタルであったことで安心しておりましたが、かの国だからこそ、本来の使い方を知らないままに持ち込まれた術具や呪いなどもあったのかもしれませんね」

「ああ。呪いの類から、あの怪物の介入が可能なだけの隙間を作られたのは間違いない」

「ということは、……あの怪物は、元々私が持ち込んだものだったのですか？」

先程肌に触れた雨待ち風は幻ではなかったようで、窓の外では雨が降っていた。

そのせいか昼間なのに部屋の中が暗くなり、シャンデリアには魔術の火が入っていた。地面に投げ出されて汚れた服を着替えている間は寒くて仕方なかったが、ノインに抱き抱えられてからは体の震えは止まっている。そして、ディアが感じたその悪寒は、呪いを受けた場合に起こる典型的な症状なのだそうだ。そこから原因を調べた結果、呪いが付与されていたと判明したらしい。

（呪い……）

よくみんなでお茶をする綺麗な青い絨毯《じゅうたん》の敷かれた美しい部屋には、ディルヴィエが用意してくれたお茶がカップに注がれていたが、今は誰も飲めずにいた。向かいの長椅子には暗い目をしたリーシェックが座っていて、頭を抱えるようにうなだれている。

「いや。あの怪物そのものは、お前に付与された呪いの道を辿って現れたんだろう。ファーシタルの人間の誰かが用途も分からないままに付与したというところだろうが、このような時期でもない限りは、今回のようなことは起こらなかった筈だ」

ノインの説明によると、ファーシタルには実際かなり多くの魔術の痕跡が残っていたらしい。

それは恐らく、国を追われてファーシタルに移り住んだ人々が、元々は魔術に長けた一族だったからこそ、排除しきれずに残った風習や迷信からのものだと思われるのだそうだ。

だが、ファーシタルという土地の中では何の意味もなさずとも、あの国の外では意味を持ってしまうようなものも、どこかに残っていたのかもしれない。

「言い方を変えれば、教会の祈りの言葉一つを取っても、外から持ち込まれた文言であれば、あの国を出ると魔術として成り立つものもあるでしょう。ディア様に付与されていたのは、そのようなファーシタルの中に残っていた魔術の残滓《ざんし》、その中でも悪夢を呼び込む呪いに準じるものです」

「そうだったのですね……」

「何しろあの国だ。呪いとして付与されたのではなく、誤って祝福文言として継承されていた可能性すらある。術式としても壊れていたせいで、俺も見落としていたくらいのものだからな。お前では気付きようがない」

（……けれどもその呪いは、目を覚ました）

夏至祭という祝祭がそもそも、境界や扉などを司る祝祭なのだそうだ。

そのせいで、元々呪いなどを活性化させやすい時期であるのに、今年は、二十年に一度の白夜の夏至祭。即ち、夏至祭が他の年よりも力を持つ年なのである。本来であれば目を覚ます可能性もないくらいに僅かな呪いの残滓が、よりにもよってその影響を受けた結果、今回の事件に繫がったらしい。

「……ごめんなさい。私がもう少し冷静に動くべきでした」

結果として、誰も外には出ていなかったのだ。

幻を見て動揺したディアがまんまと外に連れ出されてしまい、助けを呼ぶのが遅れた結果のこの失態である。そう考えて謝ると、なぜか、ノインは呆れたような顔をするではないか。

「俺のせいだと言っただろう。今回は、お前には危険を予測するだけの材料がなかった。それを与えておかなかった俺の手落ちだ」

「ノイン……」

「説明をしておくと、お前に付与されていた呪いの道というものは、対象にとって最も効果的な災い呼び込む呪いにあたる。今回現れたのは悪夢などを司る怪物の一種で、そのせいでお前は、冷静に対応出来ない過去の記憶に触れるような幻を見せられたのだろう」

聞けば、あの怪物が獲物に見せる幻は、都度変わるのだという。

待っていた恋人の訪問だと信じて安全な家を出てしまう者や、風に洗濯物が飛ばされる幻を見る者、更には大事な馬が逃げ出す幻を追いかけて出てしまう者もいるらしい。

「そんな風に、……呼び出されてしまうのですね」

「……このあたりの説明を遅らせていたのは、完全に失敗だった。夏至祭の祝祭期間に入る前には話すつもりだったが、あまり早くに伝えると負担が大き過ぎると思ったんだが……」

深く深く息を吐いたノインが天井を仰ぐのを、ディアは途方に暮れて見ていた。

「……きっとそれは、私がファーシタルの人間でなければ、当たり前のように知っているべきことだったのでしょう？」

「夏至祭の周りでは、そういう狡猾《こうかつ》な連中が人間を襲うということくらいはな。だが、重ねて言うが、それを知らなかったことを、お前が悔やむなよ。お前にどの種の知識が足りないのかを把握した上で、俺が、それを与える時期を見誤ったんだ」

「ノイン様。その理由もお伝えした方が宜しいかと」

そこで、ディルヴィエが口を挟み、なぜかノインからは少しばかりの躊躇いが伝わってきた。

「……俺は、お前に、……あの国の外に出るのはいいことばかりではないのだと理解させるのを、先送りにしていた」

体を横向きにされ、顔を覗き込むようにして伝えてくれたノインに、ディアは目を丸くしてしまう。

（このようなことも、ノインはしっかりと話してくれるのね）

こんな時だけれどそれが嬉しくて、それでも自分の無知に惨めさは残るけれど、こうして誠実に向き合ってくれるノインに応える為にも、何とか乗り越えなければならないと強く思う。

ディアがしっかりと頷くと、ふっと微笑みを深めたノインが、だからお前は責任を感じるなよと重ねて言ってくれた。

「やはり、夏至祭が終わるまでは、どうにかしてファーシタルに残ることが出来れば良かったのですが」

「ああ。……だが、それはそれで危うい部分があったからな。アストレ商会がファーシタルに入る以上は、商売の関係で呼び込む連中がいる。加えて、ツエヌは何をしでかすか分からないからな。あの契約で全て事足りる筈だが、ツエヌと商会は、正式にファーシタルの運用に権限を持つ連中だ。こいつに手出しをしないという契約に穴でも見つけられると、まずいことになる」

ノインからは、そのような背景があるので、早めにファーシタルから出るという説明は受けていた。

あの国の外に出ること自体にも不安はあるが、今後様々な者達の出入りが始まる不確定要素の多い土地を離れ、ノインの個人の屋敷に移動するのが一番安全だと考えてくれてこの物語の森に来たのだ。

「ノインは、ファーシタルを出ることで生じる危険もあるのだと、話してくれていました。今度何かがあった際には、まずは誰かを呼んでから立ち上がるようにします」

「……ええ。そうして下さい。今回は、俺もさすがに肝が冷えました」


（あ……）

それまでずっと黙っていたリーシェックが、やっと口を開いてくれた。ディアは少なからずほっとしてしまい、その安堵に気付いたのだろう。ノインが頭を撫でてくれる。

「とはいえ、私達がディア様の傍を離れていたから起きたことでもあったのでしょう。怖い思いをさせてしまいましたね。今夜は、ノイン様に何か特別な料理でも作って貰いましょう」

ディルヴィエはそう言ってくれたが、現実的に考えて、必ずディアの傍に誰かがつくのは難しいだろう。今回ディアが一人でいたのも、安全な筈の屋内では普通のことだ。

けれども、そんなことは全員が分かっているので、ディアはいいえ自分のせいなのだとは言わなかった。

その代わり、もう二度と同じ失敗はしないようにしっかりと成長しなければならない。

まだ少し強張《こわば》ってしまうけれど、ディルヴィエが無事でよかったとくしゃりと微笑むと、困ったように微笑んだ夜明かりの妖精が頬に手を添える。

「……二度とこのようなことがないように、私達も手を打ちましょう。どうか、ディア様の喜びや平穏がこの一件で狭まってしまわなければいいのですが」

（……ああ。この人達は、そのようなことを心配してくれるのだわ）

ディルヴィエがそう言ってくれたのはきっと、ノインの為でもあるのだろう。

ファーシタルにいた頃はある程度突き放すことも珍しくなかったノインが、今回は、何度も自分のせいだと言ってくれた。それがどのような感情の動きからなのかを考えて慌てて顔を上げると、こちらを気遣わしげに見ている紫の瞳がわずかに揺れる。

「何がお前にとっての最良かということになれば、サーレルの提案も、考えてみた方が良さそうだな」

「ノイン……？」

「夏至祭の王から、俺の夜隠しの国での仕事にお前を同行した方がいいと提案を受けていた。……不用意に怯《おび》えさせるつもりはないが、夏至祭近くになると現れる怪物のような者達は、お前のように獲物としての価値はあるが身を守る術《すべ》が少ない人間を特に好む。今回の怪物はすぐに排除したが、……俺達が駆けつけるまでのどこかでお前の姿を見ていた者達がいた場合、格好の獲物として今後も狙われる可能性がある」

「……それは、夜隠しの国に行けば、防げることなのですか？」

「恐らくはな。ただし、話の通じない怪物共に狙われる危険を防げる代わりに、話は通じるが面倒な接触をしかねない腹黒い連中の視線には晒《さら》されることになる」

「……そちらにも、不利益はあるのですね」

「だとしても、ディア様の身の安全という面では、夜隠しの国の方がまだいいのでは？」

ディルヴィエは、夜隠しの国に同行するという提案に賛成のようだ。

「……だろうな。ウィルヘルドが国を空けている間だけあちらに滞在させておいて、あいつが戻ってくる夏至祭の当日だけなら、ファーシタルで管理しているこちらの屋敷に避難させておけるだろう」

「それが宜しいでしょうね。一日くらいであれば、ファーシタルに戻っていても問題ないでしょう。夏至祭の当日ともなれば、商会も忙しくしておりましょう。また、ツエヌ様は夏至祭の宴に呼ばれる筈ですから、そのような意味でも丁度いいのでは？」

「ああ。……リーシェック。その場合は、お前を同行することになるが、大丈夫そうか？」

「問題ありませんよ。あなたが迷うようであれば、俺からも、その案で行くべきだと言うつもりでしたから。夏至祭の領域に踏み込むことになりますが、宴の準備をするあなたは国賓として迎え入れられる。夏至祭の祝祭期間に、夏至祭の王とその祝祭の起源である夜隠しの国の王宮の警備を利用出来るとなれば、それ以上に堅牢《けんろう》なところなどないでしょう」

「決まりだな……。ディア、準備をするぞ」

「は、はい！」

「ただ、今日はまず休んでいろ。食べたいものは、何でも作ってやる」

「……苺のケーキを作ってくれます？」

思わず特別な日のケーキを頼んでしまうと、ノインは目を瞠った後にほっとしたように微笑んだ。

だからディアは、何だか少しだけ泣きたいような思いで、自分という人間の履歴を噛《か》み締める。


（……私は、ファーシタルで家族を殺されて、その復讐を果たした）


たった一人で生き延びて、ノインと再会してその手を借りることが出来て。

そんな風に成し遂げたことをどこか誇らしくも思っていたが、もう、あの最後の舞踏会は終わったのだ。

そうすると、今のディアには、一体何が残っているというのだろう。

（それに、あの頃の私にはどこか甘えもあった。もし何かで失敗しても、私が死んでしまえばきっとファーシタルは報いを受けるだろうと、……逃げて勝つだけの狡《ずる》い最後の一手を持っていたのだもの）

けれどももう、ここから先は、ジラスフィの娘だということは何の役にも立たない。ディア個人の強みは殆どなく、それでも、人ならざる者達が当たり前のようにひしめく新しい世界で、大切な人達を悲しませないように誠実に生き延びなければならないのだ。

だからディアは、これだけは伝えておかねばならなかった。

(リーシェックさんからも、種族の違いによるすれ違いを避けるように言われていたのだもの)

そっと腕に手をかけると、気付いたノインが片方の眉を持ち上げる。

大好きな王様を見上げ、ディアはどんな風に伝えるべきだろうと少しだけ迷った。

「……ノイン。少し不安や怖さもありますが、……でも、私は、あの頃よりもずっと幸せです」

「ディア……」

途方に暮れたようにこちらを見た真夜中の精霊に、この言い方で良かったようだぞと安心して、ディアはにっこりと微笑む。

「ファーシタルで死んでしまわずに、ノインにこのお屋敷に連れてきて貰わなければ、私はずっとひとりぼっちでした。だから、もうひとりぼっちじゃなくてお腹《なか》がいっぱいだと思える毎日を過ごせるだけで、ずっとずっと幸せなのです。これからも幸せでいたいので、ずっとここにいたいです」

「……そうだな。その為には、ジャガイモのパイも焼いてやるとするか」

「パイ！」

そうしてその日、ディアが夜隠しの国に向かうことが決まった。

設定資料

第3巻プロット

A long night country and the last dance.
The lonely duke's daughter and the midnight spirit.

ディアの新しい日常から始まり、リーシェックを加えた新しい仲間達《たち》との、暮らしの様子から。
物語の森は初夏が近付き、ノインは、今年は特別な白夜の夏至を迎える夏至祭の宴《うたげ》の準備を始めている。

今後人外者達と暮らしていくにあたり、様々な勉強をしていたディアは、教師になってくれているディルヴィエとの会話からかつてのジラスフィがどのような一族だったのかに興味を持つようになったが、一族の中でも日陰の者達だったらしくあまり資料などは残っていなかった。

やがて、夏至祭が近付いてくると、人間に悪戯《いたずら》をする妖精なども増えてくる。

ファーシタルの国外に出たディアは、自衛の力もなく一般的な知識がまだ備わっていないので、悪意を持つ人外者にとっては恰好《かっこう》の標的だが、普段はノイン達が守っていた。
リーシェックは夏至祭でかつての主人を喪《うしな》ったことがあるらしく、その時期に向けて警戒を強めているが、夏至祭の準備の為《ため》に、ノインが、今年の夏至祭を行う夜隠しの国に行く日が近付いてきていた。
そんな中、意地悪な妖精にディルヴィエが襲われたような幻覚を見せられてしまい、慌てたディアが屋敷の外に出てしまい負傷する事件が起こる。

幸いディアの傷はすぐに癒えたが、物語の森の屋敷に恰好の獲物がいることを人ならざる者達に知られてしまい、夏至祭の祝祭帰還の間は、身の安全を図る為に、ディアもノインと共に夜隠しの国に行くことに。

（招待客の人数制限があり、ディルヴィエはお留守番）

相性の悪い白夜の魔物が、夏至祭当日まで国を空けていると聞き、ノインは、夏至祭という最も危うい期間だけは、夏至祭の王サーレルの保護下に入れるしかないと判断。

だが、ディアたちが到着した翌日になぜか白夜の魔物が戻ってきてしまい、ディアはその白夜の魔物から、正式に夏至祭の宴に招待されてしまい、出国が難しくなってしまう。

（ディアは、自分の履歴や弱さなどがノイン達に負担をかけていることに悩む）

（これまで、復讐《ふくしゅう》の為だけに生きてきたけれど、それを終えた後に残るものはあるのだろうか……）

思わぬ状況になったが、ノインは真夜中の精霊の王族なので関係の良くない白夜の魔物も無下にはせず国賓扱いしている。

ディアも、滞在の目的であった夏至祭の王サーレルとの顔合わせが出来、サーレルはディアの勉強を見てくれたりとなぜか、好意的。サーレルを嫌うリーシェックは嫌がったが、ディアが夏至祭生まれだと聞いてなぜか協力的になる。

祝祭の日に生まれた子供は、祝祭の子供としてその祝祭の王から大きな祝福を授かることが出来る。夏至祭の日にかつての主人を喪ったリーシェックは、ディアがその祝福を得られれば、今後の大きな助けになると考えている。

また、夏至祭の子供であることは変えようがないので、今後の為にもいい関係を築くしかないという諦めもある。


だがある日、ディアは、なぜかサーレルから白夜の魔物に引き合わされてしまう。

二人きりになった白夜の魔物に、なぜ自分を夏至祭の宴に招待したのかを尋ねてみたディアは、本心は読めない白夜の魔物が、自分の言動から何かを探している（或《ある》いは、何かを問いかけられている）ような気配に気付く。


ノインは夏至祭の宴の準備をしながら、白夜の魔物との駆け引き。

夏至祭の仕事をしなければサーレルの協力を受けられないのでそちらもやらねばならない。

この年は白夜の夏至祭で、尚且《なおか》つ滞在しているのが夜隠しの国なので、ノインは本来よりも大きく力を削《そ》いだ、不利な状態で仕事をしている。

その状態でも自分ひとりであれば問題はないが、ディアの存在があるのでかなり気を揉《も》んでいる。


夏至祭当日が近付き、祝祭の日の客人として夜隠しの国を訪れた黎明《れいめい》の精霊が、ディアがノインの伴侶候補だと知ってしまう。

ディアは、ノインを好きだったその精霊によって陥れられ、夏至祭の怪物達がいる森に迷い込むことに。

だが、ディアはすぐにリーシェックを呼び、リーシェックが駆けつける。

何とか無事に済みそうだったところで、なぜか害意を持って白夜の魔物が現れたことで状況が一変。

リーシェックは、元々持っている呪いが災いして途中で行動の制限がかかり、いよいよ危ういとなった段階で、駆け付けたノインが割って入る。

ノインは片目を負傷、リーシェックが背負った呪いを捨て、今度は白夜の魔物が危うくなるが、サーレルが割って入り、祝祭の進行を妨げてはならないとその場をとりなす。

（白夜の魔物としては、ディアを傷つけようとしていたのではなく彼女に残っている、後述のジラ

スフィ宛の祝福を回収しようとしていた。ただ、ディアは元々魔術の所有値が低いので、それをされると命が危なかった）

やがて、夏至祭の宴が始まった。

ノインは負傷したまま国賓として参加せざるを得ず、それぞれに含みを持ったまま宴が始まり、何とかこの夜だけを乗り切れればという段階になるが、そこでまたディアを陥れた黎明の精霊が画策し、ディアを祝祭にふさわしくない罪人の国から来た人間として告発する。

祝祭のテーブルを汚したディアは処刑、ノインは罪人を引き入れた責任を取り、黎明の精霊の望む支払いをする（伴侶となる）。

白夜の魔物は黎明の精霊は嫌いだが、真夜中の精霊の中で唯一白夜の影響を受け難《にく》いノインを弱体化する為に（その背景にディアの魔術への警戒があったが、その事情を知らなかったリーシェック達はなぜそこまで黎明の肩を持つのか疑問視していた）その告発を受け、騎士達を呼ぶ。

絶体絶命のその時、ディアは賭けに出る。

推測した過去の約束を盾に、夏至祭の夜を呼んだ。

白夜が反転して夏至祭の夜となり、黎明の精霊は力を失う。

力を取り戻したノインにとって、夜で、尚且つ宴の場となれば、最上位の力を得られるところ。

全てを圧倒して、場を収めた。

黎明の精霊は尚もディアを糾弾したが、夏至祭の最後の客人として死の精霊のツエヌが現れる。

ツエヌが、ファーシタルの民をこの手に戻してくれたジラスフィの娘に祝福を与えてしまい、黎明の精霊もさすがに引かざるを得なくなった。


ああ、あの復讐は復讐の成就以外の何も残さなかったのではなかった。

少なくとも、それを成したことで得たものはこうして手の中にある。

それもまた自分の力なのだ、卑下せずに受け取ろうとディアは微笑《ほほえ》んだ。


ディアの一族の持つ固有魔術は、白夜の魔物の授けた夜呼びの魔術。夏至祭の祝福も併せて持っている。

ディアは夏至祭の夜に生まれた子供だったので、夏至祭の夜を呼ぶ祝福を持ったジラスフィの一族の中でも、特に強い先祖返りに近い資質を持っていた。

（が、魔術の要素の薄いファーシタル人だったので、その特性は何も生かせていなかった）

ファーシタルの起源となった魔術師の一族はかつて、母国内で祝祭の儀式などを司《つかさど》る祭司の役割もしていた。その中で一族の末席だったジラスフィは、他の者達が軽視していた夜の座に仕えていた。

やがて、一族が懇意にしていた夏至祭の王が黎明の精霊達とぶつかり、呪いをかけられて夜に追いやられて失脚する事件が起こる。本家の者達は、皆、手のひらを返すように夏至祭を軽視し、祝祭儀式を執り行わなくなってしまう。

その際に、夜の座に仕えるジラスフィだけは、廃れる祝祭となった夏至祭を守《も》り立てた。

——太陽信仰の国（黎明や正午の力が強い）。

——夏至祭は夜隠しの国で生まれた祝祭なので、本来は太陽の出ている時間に属していた。

その事件の後、ジラスフィは、夏至祭王サーレルから夏至祭の祝福を貰《もら》い、後に、サーレルの状況を聞き駆けつけて保護した白夜の魔物からも、黎明の精霊達から身を守る為に夜を呼ぶ祝福を得ている。

白夜の魔物が己の権能から与えたその祝福は、黎明の系譜から身を守れるようにする為にと、自分の力を削ぐ為のものを特別に切り出して与えていた。

――白夜の魔物は夏至祭の王と仲が良く（弟くらいの感覚）、そんなサーレルを助けてくれたジラスフィが、逆恨みで害されないように守ってくれていた。


夜を退けるという白夜の魔物の優位をひっくり返し、白夜の魔物自身の祝福で、唯一白夜に対抗する力を持つという危険なものなので、白夜の魔物は、ディアが仲の悪いノインの伴侶となる前に何とかしてその祝福を回収するきっかけを探していた。

サーレルは、過去のジラスフィの恩に報いる為に、かつての約束を覚えているのであれば子孫であるディアのことも守護する用意があった。

だが、そこは気紛《きまぐ》れなので、ディアが一族の約束を知らないのであればいいやとも思っている。

とは言え、夏至祭生まれの子供は可愛《かわい》いので、ディアがジラスフィの一族の持つ祝福を知ることが出来るように、勉強を見てやったりしながらこっそり手助けはしていた。


「滅びゆく祝祭だった僕に手を差し伸べたジラスフィとの約束は、一度たりとて忘れたことはなかったよ。勿論《もちろん》、王である僕が自身の身を危うくすることは出来ないから、あのファーシタルの森の中には入らなかったし、約束を忘れているのであればなかったことにしたかもしれないけれどね」

「………でも、あなたは私に、この国の歴史を教えてくれました」
「そうだったかな。では、何となくそんな気分になったのだろう」

白夜の魔物は、ディアが自分の持つ固有魔術に気付いてしまった以上は長い付き合いになるので
と、宥和《ゆうわ》方向で舵《かじ》を切ることに。
元々、君はディアのことを結構気に入っていたよねと、苦笑のサーレル。
無事に色々なことが終わった段階で合流したディルヴィエが、手早く交渉し、サーレルと白夜の
魔物をノインとディアの婚約式の立ち会い人にしてしまう。
(ディルヴィエが一番ちゃっかりしている)
ノインが嫌がり、リーシェックも荒ぶったが、ディアが得られる守護や祝福がかなり大きく今後
の生活に有用なので、渋々受け入れることに。

「人間は気紛れな生き物で、すぐに約束を破ると聞きます。だから、もしその精霊との約束に飽き
たら夜隠しの国に来るといい。大事にもてなすとお約束しますよ」

婚約式の最後に、にっこり微笑んだ白夜の魔物がディアに囁《ささや》く言葉。
ノインを怒らせたところで、幕。

あとがき

「長い夜の国と最後の舞踏会　～ひとりぼっちの公爵令嬢と真夜中の精霊～」の著者・桜瀬彩香先生が２０２２年３月29日、ご逝去されました。

心から哀悼の意を表し、謹んでご冥福をお祈り申し上げます。


桜瀬彩香先生は２０２１年８月に「薬の魔物の解雇理由」（ＴＯブックス刊）でデビューされましたのち、２０２１年10月に「長い夜の国と最後の舞踏会　～ひとりぼっちの公爵令嬢と真夜中の精霊～」を上梓《じょうし》されました。

本作はオーバーラップノベルスｆの主要ラインナップ作品であり、奥行きある世界観、豊かな描写から多くの読者の皆様のご支持をいただいている作品です。


お亡くなりになってから一年が過ぎました。２０２２年2月の第2巻発売後、これからの展開を話し合う矢先の訃報でした。あまりに突然のことで第3巻の刊行も難しい状況でしたが、御生前の桜瀬先生が書き進められていた第3巻の原稿、世界観を近くする他作品の原稿をご遺族の皆様からご提供、出版の許諾をいただき、この度、遺作として刊行される運びとなりました。

出版のご許諾をいただくとともに、原稿のご提供をいただきましたご遺族の皆様、難しい状況にもかかわらず美しいイラストを描いてくださったイラストレーター・鈴ノ助先生、本作を応援してくださった読者の皆様に心より感謝を申し上げます。

令和五年夏

株式会社オーバーラップ　ライトノベル編集部

OVERLAP NOVELS f

長い夜の国と最後の舞踏会 3
～ひとりぼっちの公爵令嬢と真夜中の精霊～

発行　2023年8月25日　初版第一刷発行

著者　桜瀬彩香
イラスト　鈴ノ助
発行者　永田勝治
発行所　株式会社オーバーラップ
〒141-0031
東京都品川区西五反田8-1-5
校正・DTP　株式会社鷗来堂
印刷・製本　大日本印刷株式会社

ISBN　978-4-8240-0588-5 C0093

【オーバーラップ　カスタマーサポート】
電話　03-6219-0850
受付時間　10時～18時（土日祝日をのぞく）

作品のご感想、ファンレターをお待ちしています

あて先：〒141-0031　東京都品川区西五反田8-1-5 五反田光和ビル4階　ライトノベル編集部
「桜瀬彩香」先生係／「鈴ノ助」先生係

スマホ、PCからWEBアンケートにご協力ください

アンケートにご協力いただいた方には、下記スペシャルコンテンツをプレゼントします。
★本書イラストの「無料壁紙」　★毎月10名様に抽選で「図書カード（1000円分）」

公式HPもしくは左記の二次元バーコードまたはURLよりアクセスしてください。
▶ **https://over-lap.co.jp/824005885**
※スマートフォンとPCからのアクセスにのみ対応しております。
※サイトへのアクセスや登録時に発生する通信費等はご負担ください。

オーバーラップノベルスf公式HP ▶ **https://over-lap.co.jp/lnv/**